摳我

張萬康著

代序
鎮攝且編織了我們這個時代的詩意

駱以軍

> 「你跟他都覺得世界太虛弱，不想被淹沒，想讓生
> 命力流放出來、或爆破出來，至少想要像一種叫『水
> 鴛鴦』的老鞭炮在水火的拉鋸間放出個咕嚕嚕的水屁
> 聲。」
>
> ——〈我的小偷朋友〉

一開始是朱天心提起我和萬康「簡直是失散多年的雙胞胎」。

這於我有一時間光塵中回首，感激復僥倖的心情。像奇士勞斯基《雙面薇若妮卡》裡，那個波蘭的薇若妮卡意外在華沙廣場看見正轉彎離開的觀光客巴士上，站著一個一模一樣的自己。她呆若木雞，手上的曲譜散落一地，被這件高於

自己的神祕傀儡操懸絲的造物者，竟同時「讓世上有另一個我」這事痛擊。以及後來這薇若妮卡在電影約三十分鐘後便死去；或如天心賦格借名川端康成的《古都》，兩個迢迢互相凝視然身世不同的雙胞胎；或如匈牙利小說家雅歌塔・克里斯多夫的《惡童三部曲》，第一部結尾雙生子哄騙他們的父親在邊境踩地雷炸死後，原本怪異以「我們」這一雙聲主體說故事的兩人，在後面的小說被撕裂成「各自為對方不在場的存在」，各自說著與那個永遠離自己而去的孿生兄弟完成不同的故事。

「雙胞胎」其中一個的說故事，必然是殘缺的，恍有所失的，譬如錢幣的兩面——不論你是人像的那一面，或數字花紋的那一面——然而透過某種閱讀（或創作）的先後時間差，竟有兩個小說創作者，作品風格如此不同，卻似乎在彈指翻轉間可以互補、對奏、光影錯疊成一個像 3D 影像魔術的什麼……我特別在讀了萬康的幾個短篇小說之後，頭皮發麻，覺得詭異，難以言喻的哀愁與幸福。

後來我們相熟，相約一起喝咖啡、抽菸、幹譙打屁，互相聊起過去二十年間各自的人生經歷。我發現一個時間差的分歧點：即三十歲以前，我們的人生其實頗像的，都在學生時代是處男，都很廢，都遇到心儀的女孩便臉紅斷電變白

痴，都是老外省之後……（恕我省略以下列表至少上百項動物學式共同特徵舉證）。然而在三十歲之後，我結婚生子，慢慢進入一個中產階級無趣的生活；他則繼續漂浪，像《阿飛正傳》那腳不落地的鳥。我比他幸運，早在三十歲得到天心及朱家的知交與提攜；萬康直到四十歲（已以流浪漢之姿在無人知曉的「民間雜語」世界多浸泡了十年）才遇見同樣是天心穿透幻術與小說偽幣的瞳術：「這是真貨。」

　　說句白痴漫畫，自我戲劇化的想像性畫面：我這二十年來，也算持續奮力在與小說這反噬原本人生的妖獸纏鬥著，但我記得第一次看到萬康在《印刻》雜誌上刊載的幾個短篇，直如二郎神額頭的第三隻眼，被某種強暴光燄給硬生生睜開：「這是啥咪？」

　　一路讀下來，萬康的語言暴力我深有所感；卻又自傷慚愧，欣羨感慨：那核燃棒蕊心的「小說黯黑神」、「變態查克拉」是否因我這十年來的過度使用、操練、轉印、改造生產，而趨疲氣弱了？萬康的廢、暴衝、穢語、網路和嫩妹打嘴砲，天馬行空那個沙林傑式的孤獨與憤世。之前可能有王小波、郭箏或某部分黃錦樹這一系列名單的「惡漢腔小說話語液態炸藥」。光是一篇篇讀他（忘了情節）扯屁語言的極致煙火，便讓我嘆為觀止。他替李師科的全面式狡辯，近乎

巴赫汀小說奧義的炫技，讓人想到《好兵帥克歷險記》，一種犬儒加痞子，反串白痴，對所有社會運動話語、流行話語、左派話語、犯罪心理學話語……一醬缸子的胡整、謔仿、噴灑。

但在這樣的語言風暴的內眼，藏著一個極窄的密室，在那裡頭，似乎所有金屬筆尖全舒緩成長指甲的螺旋藤蔓。他可以創造出那麼光輝、猥褻，如納博可夫《羅莉塔》裡，那個中年教授之奧麗審美大教堂玻璃窗，與《麥田捕手》那個被世界左驅右趕的「挨斧頭」少年，卻對少女的理解，展現出人類抒情詩最近乎天鵝絨的發明：一種自置於地獄最底層的慈悲和寵愛。

戀人絮語。許多發生在戀人（或偽戀人。張力最強的求偶階段、創造力噴發，雌性心知肚明卻縱容雄性在話語的詩意和強壓慾念間大變魔術）之間的「夜半無人私語時」，萬康的許多小說發光段落卻僅就在展演、打開，將這一塊祕境鉅細靡遺地劇場化。

我欣羨萬康什麼？

作為一個小說怪物，我欣羨他那近乎赫拉巴爾在地底世界構造的一個「把整座城市之文明、所有的書、哲學鉅著、妓女的污血紙、車票、戲院傳單、沾滿顏料油彩的複製仿冒

畫、印有元首照片的納粹小冊子、照相館的裁切硬紙邊、屠宰場包動物腥臭內臟的油紙……全打包成一硬塊」，那種「廢」，那種虛無荒人作態背後其實環抱著一個沒人注意的姿勢：將我們置身這個時代、所有被玷污的、亮晶晶純真的、衰老故障喋喋廢話的，被當瘋子讝言妄語的……一個在無情（無臉男們）的人潮漩渦中的、空出的懷抱。

　　讀著萬康的每一個短篇，我總是不可思議地想著：「啊，他懂她們！他懂每一個他們！」

　　那從我以為是一整片枯灰死白的瘟疫麥海中，無有感性無有古典靈魂無有詩意能力的網路羅莉控們，萬康竟可以祭起那垃圾場大火最污穢豔麗，把所有廢金屬、塑膠、複製年代的廉價道具全燒熔的，那麼生猛、蹦跳的語言，和她們調戲、探戈、轉圈圈，讓她們一枚一枚在這傢伙奇異爆閃或畫素的視窗（他迥異於曹雪芹、沙林傑、納博可夫的「少女論」）展現出奇異的美。

　　有一次和萬康在咖啡屋聊天，原來他竟不曾讀過《麥田捕手》，那使我非常驚異。我一直以為沙林傑是僅有的，能和那些外型圓圓可愛的小女孩，在無意義的拉勒、奉承和不把對方看小的對談中，讓她們靈魂中那一朵朵妖媚、性感、或祖母那輩人的正直善良，全哄誘飛昇而出。（譬如〈香蕉

魚的好日子〉、譬如《麥田捕手》他最末和妹妹菲比的兩場
戲，我每讀必哭）。

　　所以萬康和那些少女們「情不情」、「天地第一淫人」
的進退虛實，調戲中時不時躲進時光這頭的黯影中自傷且憂
心，那麼寂寞那麼耐煩陪著那些煙花般嘆一下可能就在她們
極短暫有限的青春妖幻時刻的網路美少女們，夢遊般囈語。
這才是他天生稟賦。

　　他斥責她們不懂保護自己（這些眼神無陰翳的少女們太
容易被網路上的老色狼騙身了），卻又精蟲灌腦提議幫她們
「揉豆」，要她們幫他「哈棒」。但這樣的時間遠距之色情審
美，完全不似《羅莉塔》裡那個老教授的《人魔》式剝皮極
限審美光焰，或川端《睡美人》的戀屍癖感官極度細節化到
讓人歇斯底里的地步。

　　他與她們相濡以沫。在撲天蓋地像故障收音機（巴別
塔？）噴吐出我們這個當代的嗚啦嗚啦雜駁龐大話語：
RAP、京劇、國共內戰史掌故、2010全民開講、網路虛實
猜臆之攻擊語言遊戲……一種都市流浪漢式的「人情之拾
荒」。那些捏凹的人心如易開罐如黏嗒嗒的速食店可樂空
杯，他照單全收，無一不以它們原本被玷污被拗壞捏癟前該
是的清純模樣寶愛它們。

　　譬如在〈家〉這一篇中，我讀到他寫道：「不只我家⋯⋯那些房子都長得很後現代。是用大小石頭、紅磚頭、空心磚、木頭、木板、三夾板、波浪板、塑膠板、黑瓦片拼裝而成的。以上素材除了屋瓦都可能會出現在同一面牆上。牆面如果有石頭或磚頭，外部沒敷水泥。水泥是用來黏合，不敷面。同一塊屋頂也多樣化，這裡屋瓦一區，那裡塑膠板一區，板子上壓磚頭，以免風颱走板子⋯⋯都爺爺率領一隊大人動手蓋的。我家就是五戶裡的一戶。後來我長大，才知道這種房子叫作『違章建築』。在此之前，我只知道這叫作『家』。」

　　讀至此我真是喉頭一緊。那真是像我或萬康這樣的人，「之所以變成後來這怪物模樣」的童話前傳，魯西迪的《憤怒》、奈波爾的《畢斯華斯先生的房子》。穢語症加違建式將所有恣意亂竄的語言材料，全破瓦爛磚酒瓶碎玻璃拿來搭建我們的「世界之屋」。因為那即是我們的「德希達」，父所描繪的那個他無限孺慕懷想的完足宇宙，到某一個時間設定點必然斷頭爆炸成一地破片。於是我們在吹牛家族史、我們穿過的垃圾話年代、我們父親衰老在他黯黑斗室失去現實感的無教養、自我憎卑中迷惘地搭建那些違建。像徐四金《香水》中的葛奴乙，無氣味之咀咒，卻迷戀神往那些有完

整時間磚瓦可以搭建家屋的人們。

我難免臆想，倘若一百年後有人讀到萬康的這批小說，他會怎麼理解、想像它們所穿透、浸泡、濃縮隱喻（我亦曾有幸為同代人而經歷過）的這一截文明時光？

閱讀時會興起這樣的感慨，我想是因為他的小說鎮攝且編織了我們這個時代（以他種時代的小說話語無法再現）的詩意。一如後來或之前的人透過他們眼瞳中描繪下來的上海，總難以替代張愛玲筆下那個鏡箱世界的上海。他把我們這許多共同經歷同一時代，以鑽石切割術、電影剪接術，甚至科幻視角、魔幻特技……難免枯荒、死灰、冷酷異境、殘虐（現代主義的白化症或吸毒經驗）的世界，表現得那麼陰鬱卻豐滿，那麼喧囂卻寂寞，那麼擺爛卻固執於某些內向古老美德，那麼憤嫉卻又生意勃勃對歪斜嵌在這（他不斷對之豎中指的）「人失去觀看其存在之全景視覺位置」的庸俗化資本主義島國，各式「英雄好漢又王八旦」的邊緣人充滿搖曳生姿的柔情與好奇，他的敘事語言像爬滿感受性芽蟲的藤鬚，強悍地攀爬蔓長鑽進我們灰撲撲、支離破碎的觀看視窗的縫隙。

　　很有意思的是，《摳我》這本小說，恰正好玩的就是「雙面」：一對唐吉訶德和桑丘的現代台北城的漫遊與冒險（但城不見了，變成師徒兩人痴傻、嘴砲、評議、幹譙的「電愛」女孩往事〔哦不，網路〕懺情錄）。

　　這讓人想起朱天心〈古都〉的那互相盤桓，在不同時光的同一座城中對換視覺（或記憶）位置的A與「我」。張萬康的《摳我》則是《雅各和他的主人》或昆德拉的〈代表永恆慾望的金蘋果〉；老哥與我，一種慾望乾燒，由二人轉式的你拋我接、你證我證、你品我鑑，什麼都是浮雲，那些網路上的羅莉塔們，棲息在網路、msn、bbs，見不到面的手機電愛的「大觀園」世界。那似乎透過這樣非視覺的，而是口腔欲的巴赫汀式話語的激爽與厭疲，垃圾與珠玉嘩嘩傾倒蹦竄，老宅男對（偽善的）世界爆幹，卻穿閃藏隱了一個風姿綽約，各有情性，甚至在與陌生網友的性愛（或準性愛）交涉過程，展現了她們的教養，她們的可愛。

　　但那是一個偽扮身分、長相（照片都可能是假的）、身世的曲徑通幽的世界。老哥和「我」的漫天拉勒，卻「假作真時真亦假」地要將出抽絲剝繭出其中的「真情」。譬如在〈田鼠女孩〉這章，老哥的一段話：

　　無論對方是真的，是假的，即使她對我有喜歡，都
可能選擇不見或消失，因為她有她所以為女性的女性本
身……總之，我只能大概瞭解女人心情的輪廓，我無
法作為女人去體會。那只是從上空看下去的海岸線，我
知道這個美，但我發現它是個島的掌紋還是指紋……

　　讀張萬康的《摳我》，我是愈讀愈心生悲哀之感。一種
中年換日線團生而起，對青春少女小鳥們「原來是如此活
著」，像電影中看著外太空飛行艙中人體漂浮，咖啡失去重
力後形成小圓粒被半空吸入口腔，事物四面八方立體朝它
物靠近或遠離……但同時一種「我們的大叔道德資產、美
學、猥褻，終於都不夠用啦」的哀戚。如小說中主角在一通
年齡遙距和「電愛」中自慰的少女的對話，他一邊正經八百
規勸她「保有質感」，一邊又要弄她摳，「掛了電話他覺得
自己真不該欺負她，可以忍不住對她說教，說了是讓她醒
醒，免得以後被網路上不三不四的男人糟蹋質感，但不必叫
她摳。他的結論是，幹，以後不要躺著講電話。人一躺著，
棉褥簇起的一種擁抱感，逐漸將人團入愛，慾。」這種「愛
之規則」與「慾之隔空扮演」，比較像在人來人往自由租借
的籃球場談公民道德，或大家都拿著皮球可能在不同時段進

場投籃框的「看不見的上不上道」。問題是它被「團入」一種孤獨中年宅男的（偽）憤世粗暴哀憤，巴赫汀紛雜話語裡。那更讓人想起《麥田捕手》的荷頓，只是這是個老去，外型變得更鬱憤古怪大叔貌的「後來的荷頓」。愈扭頭遠離，其實他愈忘不掉那被他在通篇敘事中幹譙過一遍的怪傢伙們；愈是髒話連連，其實愈迷惘地憂心那種古老美德的散潰失落；來時路已難尋，欲辯已忘言，張口想說愛的話，傾倒出來的卻如宮崎駿《神隱少女》那河龍神嘔吐出我們這時代全部的傷害遺跡與原貌：垃圾、扭曲的腳踏車骨架、碎玻璃、噁心的汙泥、有毒的金屬……。那正是小說的語言。

很多年前，我第一次遇到舞鶴先生，當時純然是粉絲的無措與口吃，我好奇地問他，為何可以忍受那巨大寂寞在淡水一躲十年，至四十歲才真正出手如〈悲傷〉、〈逃兵二哥〉那些遠超過大家好幾個級數的作品？我記得他當時勸告了我一些話（很多我記不確切了），但有一段大意是說，「同樣的題材，你在三十歲還沒想透徹時，便被虛名、發表、出書所誘惑，急著出手，那本來可能是你作為作家最可遇不可求只屬於你獨自祕密的經驗，那樣因為急於用之去換『成名作家』的為寫而寫，那東西很多年後會塌掉，被看穿是假貨，

多可惜啊，你還不夠充分想清楚，佔領那些珍貴的經驗，就急著出手甩出去，這多麼可惜啊……」

如今我和萬康俱已四十多歲了，如果以「雙面」，以錢幣的正反兩面來看我和萬康這十年為小說各自的「孵養術」、體技與幻術，以自己為飼料讓那些人心黯影故事蠅蛆寄生嚼食的十年。讀了萬康這本小說後，我的感慨是：在以小說與生命持戟對抗的唐吉訶德式時光暴風中，我是失敗者。而他是慘勝者。

祝福他這一本小說。

　　編按：本篇所敘述的部分作品蒐錄在張萬康自印的短篇小說集，尚未正式出版。

目次

記下愛情與友情。

1　無非

　　出北投站就看到老哥和他的老位置。二十公尺外，正對著捷運站北出口的開闊地邊緣，橫起一個像冰箱倒下來那樣的長方體石壘，他坐上頭，背後是若有似無的綠樹和草地。當我朝他接近時，望見他蹺二郎腿抽菸、看書，左右手各一本書撐開，一下左邊那本，一下右邊那本，兩本書取井水般輪流打上來，一本往上升起，一本就垂落膝上。反覆動作，或許更像是循環的水車。

　　不過這只是記憶中的畫面，當我後來為了撰寫此書重回現場，並無那樣威壯的石壘，而是一道窄面的長方體大理石堤，不過我寧用一個字「威」來想像這裡。

　　是的，這次我還帶了皮尺回來。坐這兒的過客雖多，值得一提的是，一般椅面必須四十五公分高才符合人體工學，而這道石堤的高度經過我用皮尺測量也只「高達」三十五公

分，試問如何供老哥蹺腿。坐在上頭根本就像服役時蹲野戰
廁所，彆扭。

這樣說起來，這本書的內容將可能許多處是誇大的嗎？

皮尺鬆開，瞬間被吸回去，在捲盤的口上撞出一聲脆。

不，這本書所寫的一切故事，都是真真實實的故事，包
括細節、情節種種，如果真要老哥和我瞎編還編不出來。它
只是必須用小說的方式去陳述，才妥切。

而且，鄧小平說過：「實踐是檢驗真理的唯一標準。」
這句話的價值除了老哥講它適用於見網友，在此如果讀者有
心，不妨實踐一下三十五公分的高度是否合適蹺腿。答案是
──可以滴。不信下次你經過本站時留意，在那道矮不拉嘰
的石壘上，一排人，男的、女的、年輕的、或老阿伯，幾乎
都愛橫著腿把一只腳踝擱在另一個膝頭上，或懸腿把小腿肚
收貼在隔壁膝蓋外側。可見倒不是老哥的坐姿顯露出獨特
性，而是但凡人類均有蹺腿的本能或說欲望，即便客觀條件
不夠優渥，能蹺都要湊和著蹺。包括雞雞也要亂翹。

據此足以說明老哥的蹺腿，並非憑印象亂描寫，這是經
過科學考證的。那個刪除號應該往下移，成為底線。或乾
脆，擦掉。

　　既已重回現場，我想讀者更不會懷疑我所看到的——關於我和老哥常鬼混的這塊區域的一切。出口正面，適才談過了，那是個人來人往、以及人來人坐（雖然那根本稱不上座位）的小型廣場。大理石壘是虎斑灰狸貓的樣色。提起貓，老哥曾講，我的擇偶條件很簡單，她必須愛流浪貓。我說那狗呢？他說貓狗本一家，流浪不分彼此，四海之內皆癲痢、海內海外皆傷疤。我比較不解的是，何不講「她必須愛流浪狗」或「她必須愛流浪貓狗」，後者還更全面吧。他說：「這很基本。對女生諂媚講：『喔，我愛貓，你是貓，所以我愛你。』聽起來蠻好。如果說：『喔，我愛狗，你是狗，所以我愛你，我他媽最愛母狗。』這像話嗎？」老哥說：「好比打麻將，聽三、六萬帶西風，但一般不會講聽西風帶三、六萬，你計較個屁啊。不用擔心啦，反正女人戀愛前是貓，戀愛後是狗。」

　　關於「虎斑灰狸貓」，這是我查到的說法。爭論在於，老哥把石壘稱之為「綠貓」的顏色，我說哪有這種東西吶（什麼時候貓會是綠色的）。他聽我說「灰狸」，頓了一下，卻偏偏講灰狸就帶綠色，灰中帶綠。他說還有更綠的咧，綠到不行的大虎斑野貓。我說那是流浪變髒吧。他說哪是，貓特愛乾淨，並說等等可以開視訊，用水彩上在色盤調給我

看，證明非有綠才能配出那種貓色。我幹嘛看男人的視訊
吶！我說你就調吧，調出來我信你得了。半天後我都忘了
這事，他敲我說：「放棄　上次有調出來過喇　幹我又不是
畫家」我忽然靈光閃過，說你講的可能叫茶色虎斑貓吧？
他說對對對，又補上一句：「茶色也屬綠色」。我說你很堅
持。他說網路上這幾年興起一種「橘貓」的用法，為何就不
能「綠貓」。又說「茶貓」對上「橘貓」，聽起來就很弱。
我說好啦，叫綠貓也蠻可愛啦。老哥說這我不否認，再說也
有綠烏龜、綠蠵龜、綠帽子，反正龜就是綠、綠就是衰（台
語）。我說怎麼又扯上龜？他說玳瑁是龜的一種，有種貓
叫玳瑁貓可不是。我想他正在跟女生MSN所以語無倫次吧
（我也是）。我就說：「玳瑁貓和綠貓一定是好朋友的　對
吧」他說：「一定要的阿」然後我就放上『離開』。

　　幾日後我們離開公園，往站口方向步行間，拎老師他又
串到這件事，他以權威的口吻比手劃腳說：「綠貓要叫『龜
龜貓』也行，總之大家不要歧視戴過綠帽的男人。這人間，
無論男女，既然長了一雙腿，不劈一下多彆扭。劈腿是瑜
伽、是佛學，沒劈過腿的男女，腳尖無法觸達彼岸，這一
生就白修一場。」我質疑說：「那不劈腿、被劈腿的人，他
們的一生就很不佛嗎？」老哥說：「阿反正他們本來就是佛

啦，你操心個屁啊。」

　　至於本站出口的左右兩側，則有古老而高大的樹木（即便稱不上古木參天啦），及圍繞樹木的座位。其中左側還是個小公園，老樹更多了，蒼勁而涼蔭（當然是說夏天）。那株大榕樹的老鬚，究竟予人哀愁。欖仁樹（公園的立牌上寫下這樣的樹名）的樹皮斑駁切碎，倒也似教堂的花玻璃莊嚴爛漫。無怪乎又名枇杷樹，舉頭綠葉濃密，片片有如大枇杷形狀，秋冬時我們看它轉紅一片。為數最多的是猢猻木，好笑的是樹幹的形狀和顏色好像一柱柱大象腿，是個大底盤的圓錐體，一路往上沖霄，喬木。

　　如果我接一句：「喬尼老木。」你應該會認為我是個小學生。（冷）

　　至於輕鬆點的說法，這些樹無非是活得有尊嚴。

　　公園最常出現的兩種人就是老人與孩子。午后你會看到年老的女士，一人獨坐良久，她無須毅力就可以坐這麼久。而另一頭持拐杖的老頭終於緩慢來到座椅，朝另一個看不出

已在位子上多久的老頭身邊坐下，偶爾散淡閒話，通常默然整齊享受樹蔭下的光影和綠涼（是的有綠貓也可以有綠涼）。這裡倒不像別的公園時見一群老人圍坐著熱烈討論時局或圍觀象棋大戰，可能是因為沒有張桌子讓大家圍。原來台灣的公園亦常見桌、椅配套的。此外就是沙土區的健身和遊戲器材，供老人原地規律踩動，和讓孩子們略作攀爬、鑽繞或騎驕，不然也可以玩沙，如果阿嬤識大體樂見孩子弄髒的話。

可以這麼說，我們和老人、孩子融為一體，沒有中間地帶。「還有西瓜。」老哥說。喔是和老人、孩子、西瓜融成一體。這樣，從網路衛星地圖，你就得以俯視此一公園的形狀像切片的西瓜。也就是把一片梭形榕樹葉從兩端切對半兒那樣。老哥說他年輕時跑去法國玩了一個月，某一夜酩酊大醉，忽然喃喃的反覆質問自己一道題目：「到底是紅西瓜還是黃西瓜好吃……」這是他兒時吃西瓜的一個疑問，想不到長大後選在此刻冒出來作亂。為了西瓜他感到痛苦失控，據說那是他成年後第一次也是唯一一次失聲痛哭。這時在法國遇到的那個會心的女孩感到於心不忍，捧起他當年尚未發福的臉蛋加以親吻，進而在一片西瓜的情懷中翻雲覆雨。為此他感念西瓜。「那麼你究竟想出來了嗎？哪種好吃。」面

對我的取笑，他很嚴肅的說：「這是一道謎。或許我們不必把紅黃西瓜歸成同類，不過這樣問題也還是在。」

　　這裡是上帝遺落的一片西瓜，或半片葉子。或說從高速旋轉的渾圓西瓜大體中脫出的小半截碎末。而對面那個大理石壘，是一粒西瓜子。老哥說作家張愛玲可以來一句白玫瑰是飯粘子，他也要來個西瓜子。更，可以用文學的講法，這一帶，是孤島。「我還寫過一首豆花詩」老哥在MSN送出詩句：

「夏天時我最愛吃冰豆花　冬天時我最愛吃熱豆花」

「then」

「沒了」

　　這些常綠或落葉喬木下的木頭椅子，椅面的長度比一般台北公園的椅面來得長，坐起來可以使你感到寬敞舒服（因為我們坐過、或拿著酒屈膝蹲在上面）。當然這比起巴黎公園的椅子還是短了許多（老哥說他無意冒犯台灣，或許這只是「西瓜效應」）；我們無法看到像巴黎的那種長椅子左右兩端各坐著一個陌生人看書、發呆、或忽而即興笑談兩句後重新回到自己發呆狀態或旋而說再見飄然而去的畫面。台北

公園的椅子短，似把人心也縮短，一個人坐下來，另一個陌生人就很難坐下去。挨太近了，變態。敵不動，我亂動；敵一動，我剉賽。即便他不變態你杵著也變態；他才剛要開口你就說：「你是好人。」也就是說，只要能把兩人擺在「同一條船上」，適度將他們拉開距離反而可以促使人親切。這是置身同一個空間的緣份卻又各自擁享空間的自由。這麼說唄，各城市各有其特點、優點、欠點，這也不是本書想討論的。

老哥說好比師大公園、溫州街公園的椅子本來算長，不幸的是後來椅子中央加上一道弧狀頑鐵鋼圈區隔，「我強烈懷疑是政府小氣，無非是不讓流浪漢睡」。我回應：「這無非是你的懷疑，搞不好是居民的意思。」他說：「你如果小氣的話就會害到你自己，那道鐵圈會害你和馬子沒法坐在一起亂摸。」他開啟易開罐，說市長和里長沒提供蚊香已經說不過去了呢。唐詩講「把酒話桑麻」，在那個小公園的夏夜裡，或是在這座石壘上，我們也曾「把酒話破麻」，或說「把酒話puma」。閩南語有音無字的太多，只能用「破麻」和「puma」諧音來寫；這是罵女人的一種用詞。聽說很不雅，真好。

　　在陳述此次捷運站相約的目的之前，拉哩拉雜我想到哪說到哪。待目的道出後，我也將穿插很多小故事，即便我未徵詢老哥是否能讓我寫出，但依我來看那是很珍貴的……史料。嗯，不是屎尿喔（冷）。

　　放心，我會兜回來的。我說「放心」其實是因為我對自己不放心。對怎麼寫東西、講事情，我不是很有把握。也或許我先交代這些是欲蓋彌彰、掩耳盜鈴，也或許我在畫蛇添足說廢話、杯弓蛇影瞎操心，拎老師的成語教室竹竿逗菜刀、輸贏ㄅㄆㄇ。總之這也是我禮貌上的一番好意，天曉得幾個月來我活在不知所云的狀態，有句名言說你愛的不是對方你只是愛上了戀愛，偏偏我只想耍賴，這都是她把我所害，你最好去呷賽。停。

2　莫非

莫非整天廝黏才算交情。

大概平均兩個月我們會約出來閒聊一回，一個月兩次、四個月一次不一定，通常是仰賴MSN或email。不怕人笑話，雖然是兩個大男人，我們之間話還不少，email都可以來來回回。他大我十歲整，算良師益友。我們是在足球網站討論世界盃足球賽認識的。當時老哥po了一篇〈席丹法師之球技與禿光頭之圓融大德大法之養成〉，我覺頗有意思，問他可不可以轉貼我部落格，從而結識。

文中他寫了兩句我印象深刻：「我不屑那些因義大利球員而手淫的女孩，席丹的光頭比義大利球員的龜頭還迷人。」這篇文章引起了公幹，包括自稱法國球迷的人也請他不要po這種文章丟人。老哥反擊法國迷說：「我以你們為

恥，假席丹迷，反串！」義軍球迷則大罵你這麼愛席丹給他捅屁眼好了。老哥回應說：「噯油～用舔的就好咩。」結果老哥被板主浸水桶——強制剝奪發言權的意思。

我公開聲援他：「場上不以成敗論英雄，你的氣魄對比出義大利基本教義派的猥瑣難堪。」老哥事後說他很欣賞和欣慰我這句。我是真的很幹啊，那些對他人身攻擊的人怎麼沒被水桶呢？世界就是這樣欠公道。老哥超有風度和見解，反過來勸慰我，他說我不該被水桶，他們也不必被水桶，世界本該如此，只是世界一向很不「本該」。他嘿嘿笑說我們替席丹出了口惡氣，讓義大利贏了球卻被罵得一狗臉大糞，誰輸贏我是沒差啦，我鬧過了癮。雖然我還是覺得輸贏有差，席丹沒理由受這種氣吶。我們一見如故那樣聊開，我去信問他莫非真有人為義大利球星手淫？這樣詆毀女性好像不好，畢竟我不是盲目挺他到底的。他說這哪是詆毀，一來是事實，二來為所鍾情之人自淫是種高妙優美的品格。他曾混入一堆女孩中聊天，陰錯陽差她們誤認他是女的，其中有個女孩坦言每次球賽後睡不著都為義軍手淫。我問，那為何不在賽前或賽中手淫，他說我問太多，事實上搞不好也有，只是強調一下賽後比較有 fu。我回信問為什麼？他說這個你要學著體會女人的浪漫。如果贏球了，手淫回味是個慶祝；如

果輸球了，手淫是個安慰，也還是個滋味；女人天性有同情心，最愛安慰男人了，這也是中華隊各種球隊老是打不好卻依然有一大票妹子擁戴的原因；贏了可以睡妹，輸了也有妹睡。然後他講了一段話使我覺得他很有料；他說當年台灣不少客家人組成抗日義軍，和日本人戰，假如女孩們也為這些義軍摳自己穴那才感人。聽了我覺得無言。我不是感動什麼抗日，只是感動老哥鬥性頑強（……可以跟網路小白們戰到抗日義軍都搬出來了，我欣賞他的烈性）。他說：「不過這也是強人所難啦，抗日義軍都死多久了，難不成叫妹子們去姦屍，不，姦骨！拿著死人的骨頭當淫具也蠻high的吧。」這叫我又陷入無言。

第一次出來聊天，我們在北投捷運站旁的小公園喝酒抽菸到半夜，他鼓舞我不必因為交不到女友而洩氣，他說我才大四，二十六或二十八歲再輝煌也不遲。他說二十八到三十三歲是男人的黃金時期，可以上下跨領域，高中妹和比你老的正妹熟女都搶著要你。聊回足球，他還跟我講了許多女網友喜好電愛的事蹟，從高中妹、大學妹、乖乖女、搖滾妹，一路到熟女（廢話？）都有，我嘖嘖稱奇（……我的表情一定很色又很糗那樣）。

是有點糗，如今我都延畢加退伍了，眼看跨向二十六，還是沒馬子。老哥喝酒感嘆自己也老了，說自己巔峰期已過。其實我不是沒談過戀愛，大二上和同學當了一學期的班對，寒假時她提出分手，我說可以，但我想知道理由。她說因為天氣太冷了。

老哥聽了我的往事，聳聳肩，吐了口煙：「那你怎麼回答？」

「不是我怎麼回答的問題，」我難受道：「而是她怎麼能這樣回答？」

「相信我，搞不好是真的。」老哥用啤酒罐擦撞我的啤酒罐。「女人心，海底雞。」我們喝酒。

「最後我跟她說了一句很蠢的話，」一時我難為情起來，「你別笑我。」

「我會笑的，你說吧。」

「我蠻激切的說，讓我溫暖你的心。」

「這個叫寒性體質。」老哥沉吟：「如果說她手腳容易冰冷，應該建議她找中醫啊。」說到最後這句他有點語帶惋惜。接著似乎想起什麼，「那說完你有抱緊她嗎，或強握住她的手？」

「我沒。」我問：「會有用嗎？」

「……不知道，我只是想問。」老哥說，「或許買一件
羽毛衣給她也無法挽回。」

「她那天穿羽毛衣。」

「好唄。」

回家後我發現老哥的MSN狀態是：一個再冷的女人也
無法同時穿兩件羽毛衣。

為什麼要傷悲，為什麼要流淚，莫非是黑夜裡沒人來陪
你伴你相依偎。

這是往昔情歌王子姜育恆的名曲，一段詞。老哥說過這
首歌最美的莫過於，或說無非是那個「莫非」。

你傷悲為了誰，讓我開啟你的心扉，也許我可以使你不
再難過。

聽，「也許」和「可以」唱得多好。他說。還有那個
「難過」。

愛我，⋯⋯

這是歌名。

　　有次我頗失敬的對老哥講：「我覺得我們兩個的對話，常常是廢話。」老哥說：「去！真正的廢話你沒聽過。」他說起當年在大專兵新訓中心，那是在宜蘭金六結，操翻了。連上很嚴，整整一個月不准去福利社買飲料，新兵只能喝白開水。有的弟兄忍不住偷偷潛去買，被教育班長抓到，全副武裝交互蹲跳去了幾斤汗。「這可樂一點也可不樂。」老哥看了竊笑，因為他去買過好幾次就沒被抓包。其實喝白開水蠻好，操累了只覺得解渴又好喝，但買個可樂來喝在心理上有一種提振效果，那是偷得浮生一罐閑的幸福，也是對惡班長一種迂迴性的戰勝補償。他得意著把這件事告訴幾個弟兄，大家訝異他好大的膽子，他說我帶你們去。弟兄們信賴他，冒著被懲罰的危險，只見老哥朝福利社鬼鬼祟祟東張西望，忽然發現空隙，輪腿狂奔，夥計們尾隨老哥瘋狂衝鋒。幾個二十二、三歲的人為了一罐可樂這麼拚命吶。這可樂買回來，大家在安全的地方牛飲，有個弟兄手握可樂，以一種老氣橫秋的說教語氣吟頌道：「這可樂啊，還是冰的好

喝。」老哥跟我講：「當時我聽了發愣，喝一半停住。想罵他笨蛋，可他這話又沒錯。更奇怪的是，其他人都沒對這句話有意見，現場一片沉默間只繼續聽到大家喉頭咕嚕咕嚕下嚥的聲音。這一瞬間只有我發現到一個祕密——廢話的祕密。很多哲理聽起來都是廢話，但有的廢話只是恍若哲理。我對廢話是有研究的。好比說，打麻將，『把不要的牌先打掉』，這是廢話啊，但對腦子發熱的初學者來說很受用，這廢話不廢，叫你清楚踏實著的。可『可樂還是冰的好喝』這就是大廢話了。我還沙漠原來這麼熱咧、沙漠如果不要這麼熱那該有多好啊。我說，你，——聽過這種廢話嗎？」我說：「沒有。」老哥說：「那就對啦，曾經滄海難為水，你沒聽過真正的廢話哪能知道什麼是廢話。」老哥說：「所以你還認為我說的是廢話嗎？」我膽怯說：「不是。但我知道你說的不是哲理。呃，我知道你不是尿，你只是帶了尿騷味。」

　　我以為我會活在「再冷也無法同時穿兩件羽毛衣」這種廢話的詛咒下，一直一直。嗯，不可思議，最近我和一個女網友要好到不行，可以說墜入情網（保守的說至少我是）。這件事來得突然，才一兩天光景的事，還來不及報告老哥我

認識她就油然發生。而且我也想自己獨立起來，老煩老哥如何把妹，即便他不煩，我也厭悶我的無能。曾有次我敲老哥廝纏之間，說你一定很煩我吧，老哥打：「並不會的　只是我會的都教你了　只要你性子穩著　網友會愛你的　我始終相信」當時我在螢幕前哽咽一下。

　　這個女孩主動而大膽，對我發動過兩次電愛。如果說我講女生「主動」和「發動」只是為了掩飾我的墮落，那我就講「互動」和「果凍」吧。

> 詞典：性活動發生時，以手指頭觸入女陰，曰為「挖果凍」或「摳果凍」。老哥認為這種說法失之狎穢濁湎，改稱「玩果凍」或「搔果凍」較優雅。

3　石壘

他，我到他身邊叫他。

「幹他奶奶的。」老哥臉抬起。「什麼鬼書烏拉子毛。」

「什麼梳子刷毛？」

「柴犬才要刷毛。」老哥說，「我臨時發明的髒話啦。」

　　我拿起石壘上的打火機和菸盒，抽了一根。每次碰頭我喜歡抽他這個牌子一根，因為味道比較重。一根來勁兒就好，多了不習慣，我有我自己一貫的牌子。

　　我問老哥這是什麼書，同時間視線順著他空中落下的書，來到書旁的香菸打火機，我拿菸的時候望了一眼。這兩本書攤開來交相疊，一齊反扣在堅硬的大理石面上。是啊，書是這麼軟，石頭是這麼硬。煙霧瀰漫間拿起上頭那本《蒼蠅王》，如此看到下面那本叫《瘟疫》；嗯作者卡繆我知道，上通識課講過他，老師規定要讀《異鄉人》。「蒼蠅王

我就沒聽過。」老哥聽了又爆一句「幹他奶奶的」。「很糟嗎？」老哥沒搭腔，取菸來抽。朋友一起抽菸的感覺真好。他還是不講話，喔不，他接話了：「我可以很負責任的告訴你，《蒼蠅王》，爛。」我說我知道，不然你不會罵兩次幹他奶奶。他說：「我第一句是罵《瘟疫》。」

對岸電影《天下無賊》黎叔的經典句型：「我可以負責任的告訴你……。」老哥和我深愛的電影。

「……蠻公平的。」我說。「一本一句就是了。」

「不是公不公平的問題，這是尊重好嗎？」

「天底下書那麼多，你還是作一次罵比較省力。」虧虧老哥蠻爽的，雖然我比較常被他虧吧。「你想想看，看起來這些書排隊讓你罵，但其實是你在對它們排隊。就像你的豆花詩，你何不濃縮成一句『一年四季我都愛吃豆花』得了。」

「怎樣！」老哥暴躁起來。「十二星座的女性我都尬過！」

老哥對我說明，他之所以要讀這些書，「只是想知道作家在幹嘛」，進一步來說，「憑什麼他們被稱作作家，憑什麼當我們的思想指導員」。讀了一本，發現是廢料，換了一

本，卻是ㄆㄨㄣ。「對我們的生活一點都不能起積極的作用」。更敗的是，「也不能起消極的作用」。他覺得共產黨統治下的大陸人講話有時很蠢，很愛講「起……一定的作用」或「起……積極的作用」這種句型。對他來說《異鄉人》那本還可以，和《小王子》有異曲同工之妙，而且有個很無敵的優點——薄。而他現在手上這兩本，內容爛，又厚，都踏馬的三百頁上下。因為怕一本需要讀很久，只好兩本一起讀比較快。這本翻幾頁，那本讀幾行，同時搞定。我說你的數學概念怪怪的，而且這樣不會亂掉嗎，兩本的內容盤根錯節在一起，人物和事件也會張冠李戴，好比誤以為甲本的人物也在乙本成了戲中戲。他說：「這就是我的目的。」他轉動球鞋，踩掉菸屁股，說它們不值得我認真，反而我這樣讀還有趣些，而如果它們真的很好，那也更值得我搞混。我說那你何不把書扔了撕了，費這麼大勁兒豈不是和自己過不去。他說他本來也想，但無意間揭發這兩個作家的愚蠢，使他找到「價值」，就像倦怠的法官審理一個微不足道的鳥毛小案件，是細心也是無心插柳，讓他從案子中看到破綻，便也頓悟了什麼道理。嘿嘿，你知道我發現什麼，他翻開《蒼蠅王》第三章某一段：「賽門停頓了一會。……他從肩膀望過去，」興奮到狗流口水，迅速換過，翻出

《瘟疫》第一章第八小節一段：「站在人行道上的柯塔直搖頭。……同時還用不安的眼光，掠過肩頭而張望。」

「關鍵字是肩膀？」我不大能解。「誰抄襲誰？」

「誰抄襲誰我不管，」他說：「重點是我的媽啊，我發現這些所謂的作家，他們寫的東西都長得一樣。」

「可能這種用法，就像我們的中國成語，你用，我也用，只是這樣。」我覺得他有點吃錯藥。「何況，也只是一句。世界很大，不會只有一個人使用『肩膀』。」

「一句就夠噁心了！」他怒起。「如果是巧合，巧合就是一種噁心。一個巧合就讓我噁心。」

「老哥你別生氣啦。」我苦笑。

「我沒生氣。」他從肩膀望我。「我只是很不舒服。就是因為這不能稱之為抄襲，所以更噁心。如果是抄襲，我覺得很好，我對版權這種洋人發明的小氣鬼玩意兒覺得是屁。這一句根本無關於抄襲，這是一種風氣！可怕的是這裡。你知道嗎，台灣有個作家叫駱以軍，好比他很愛寫『獸』這個字，好比寫他小孩叫『幼獸』，女人叫『雌獸』或『女獸』，或什麼獸各種雞歪獸。我沒法斷言大家是不是學他啦，但我看到好多人一整個開始獸獸獸。幹你媽雞巴你告訴我這就叫文學嗎？每個搞搖滾樂的都把牛仔褲扯一個大洞，

你看了不噁心？每個高中女生都認為做愛的時候我不幫男生吹我就不是女人或我沒跟男人肛交過我很沒面子，請問你聽了噁不噁心？」

「嗯嗯我懂你意思，可肛……」

「你不懂。」他打斷我。雖然他不兇，莫非是種故作神聖吧。「如果你懂，我翻給你看的第一時間你就會罵幹伊三妹仔。」

這句「幹伊三妹仔」他有時候會這樣罵，說是跟電影《戀戀風塵》的老阿公李天祿學到的古典用法。

「那好！」我上火了。「這個肩膀能給你什麼啟示？可以對你、對我有什麼幫助？我們知道一個肩膀就能改變我們的生活嗎？」

「幹，」他笑了。很天真那樣笑。「你太貪心啦。你知道嗎，幫助流浪狗的人或許不見得會幫助流浪漢，但是不會幫助流浪漢的人肯定不會幫助流浪狗。」

「怎麼會講到這個。」

「錯！」他喃喃自語似的。「我告訴你，不會幫助流浪狗的人也不會去幫助人類的。」

「我只是想跟你講，終於發生了，有個女的跟我電愛。」

「嗯？」

「她很猛，我們這樣做過一次。隔天我們電話中吵架，她掛我電話，半小時後她打給我，我接起來，頭一句就是：『摳我。』」

「她跟你說摳我！……」

「嗯，用一種她再也受不了的告饒聲，可是卻又是那麼冷峻的指令。」

「太酷了吧，超浪漫的女生耶。」老哥忙點起菸。他的詭異反應分外滑稽，取菸點火的樣子好像缺乏安全感的嘴饞小孩急捧起大碗公，把臉埋進去吃。

「她主動說的？你們吵架前有講到要摳？」

「嗯，她主動說的，很突然，之前沒講到色的，所以我才嚇一跳。」

「幹！」老哥歡呼站起。他端起兩本書用力連續重擊石面，便順手猛甩到前方八百公尺遠。過路行人嚇一跳，轉頭看我們。

我撇過頭吃吃笑。

老哥說：「我還在這裡幹嘛……」

「撿回來！」老哥下令。

「我又不是柴犬。」

是的，柴犬最喜歡跟主人玩你丟我撿，反覆不休。

「我是！」老哥自己過去撿回來。

4 台灣史・上

平時，都是我聽老哥講那些電愛女子的故事。我不大能想像這樣也可以做，我覺得頗低級，不大正常。可，聽老哥講，我承認聽起來蠻刺激的，開了眼界。老哥說，雖然隔靴搔癢，通常很宅的人，或沒什麼行情的人才搞這套，但是人什麼經驗都要有，才叫個人，這個在教育學上叫「全人」。這我就不置可否了。這件事會發生在我身上，我想是個意外。真的啦，意外。若有人偏要說，就好比很多男人第一次去酒店都宣稱「我並不想去而是朋友拉我去」的這種論調很虛假，所以我也很假，那我只能不置可否。

「那個是電話交友認識的。」老哥說：「現在不興這個了，以前網路還沒流行，曠男怨女靠這個度過漫漫長夜吶。嗯，電話交友有兩種玩法，一種是『男來店、女來電』，就一堆飢渴……男獸，好比鑽進西門町某個樓層，一人一

台電話，電話一響，大家比賽誰先接起來，成了趣味競賽。男生要錢，女生免費，可見我們社會很尊重女性。女生是看報紙的分類廣告，找工作找一找腦子打結了，鬧心，或一時無聊到沒紅豆可數，那就來數密麻滿滿的黑白小方格，就這麼視線從天而降，落到電話交友的框格內，停住，好奇了，加上免費這個誘因，就會按照指示的電話號碼嘗試。男生電話接慢了也不必挫折，寂寞的人兒太多，電話立刻還會響。這是二十四小時的生意，人一天二十四小時都可能寂寞。」

「會接到什麼樣的女生？」

「機率啊，誰知道。」

「優嗎？」

「我就知道你會問這個。」老哥說。「也沒什麼優不優。」

「都沒那種外表優，內在也優的嗎？」

「內在很難不優。應該說，一個人的內在能到什麼境界可以稱作優，電話接起來三兩下不好說。女生普遍上都有起碼的質感、起碼的優，不像我們男生普遍上質感粗糙。正因為都有個起碼的優，那又有誰比較優？你很少看過不可愛的貓狗吧。」

「可是你以前說過，一個人優不優，談兩句話就感覺得

到。」

「是沒錯。但這就像特別聰明、太有靈性到你嘖嘖膽寒尖叫的貓狗還是少，大部分的貓狗都算聰明了，無論土狗野貓家犬家貓。」老哥似笑非笑，「那麼優的貓狗，也不會要我們吧。」

他繼續講：「如果一個女生內在有起碼的優，誠所謂『有諸中，形於外』，她的外表大多也有小優。會玩電話交友的族群，是比較衰的那種，內在優也白優一場，先天上外表不優的多。因為過度寂寞，躲暗處七七粗粗久了，氣色更差了些。」這「七七粗粗」是閩南話的音譯。「外表優的女生不必淪落到靠玩這個找朋友，就算好奇一兩次，你想想看，這些男狗，開口就說你住哪、想溼嗎，嗯，電話交友都馬這樣，以女生的質感來說多半會怕，想做也會發毛、噁心，或覺得超可笑一把。」

「我沒什麼質感聽了也覺得蠻噁。」我笑說。

「可是如果外表不優，正不起來，交朋友相對機會少，雖然男方蠻噁，就可能會包容。」老哥故作找到什麼祕密的語氣說：「寂寞是很可怕的。」

我同意，寂寞的感受我深深體會。

「你還沒講另一種。」我說：「你說有兩種玩法。」

「喔另一種是，你買點數，在家玩電話交友。分類廣告的電話你撥去，他們會叫計程車司機開到你約好的地方，給你一張卡。大半夜也服務，司機有的開大夜，白天黑夜都需要摳點外快，包括問乘客需不需要Ａ片，或幫Ａ片燒拷中心送片到府，這都是兼個小差做。對了那卡不是給你刷的，只是上面有密碼。你照密碼再撥一次電話，密碼輸進去，然後錄音。按你自己電話機上面的數字鍵，就錄下去了。女生還是免費的，女生撥來，聽這些男人的錄音，一個一個聽下去，覺得ok，就按進去，連接到你那頭，於是你接起來，緣份兒就這樣產生。」

「老哥你都錄什麼？」

「我和我朋友是這樣，錄之前預先想好一種你要的風格、一段要講的話，帶點迷酷的嗓音和小創意的內容來著。我們算用心經營的吶，我好奇其他男生講啥，按出來聽，幾乎都不講話，只錄一段Ａ片叫床。」

我大笑，「也很乾脆啊。」

「你太乾脆，女生反而溼不了。」他說。「女人是需要想像的，Ａ片她自己看自己演就好。你不用點心思，更難靠這個管道遇到優的。除非是那種自己太愛溼的女生，或叛逆吧，才會覺得直接來也蠻好。」老哥把「蠻」發音成ㄇㄢ。

　　老哥往下說：「不少女生很上道，巷子內的（台語）。電話接通後，她會很快問你要不要改用室內電話聊。」

　　「不是本來就室內電話嗎？」

　　「是這樣。你別忘了男生必須使用點數，而女方是打分類廣告上的那支免費電話跟你連上線，接通以後一直講下去，點數會不停消耗。所以你趕快報你的室內電話，兩個人一起掛掉，幾秒後她就打來，好識大體。」

　　「這也算上有政策，下有對策了。」

　　「是啊，女方很大方，怕聊得不好又占用你的時間點數，於是她為你和下一個女人的方便著想。就算你們聊得好，她也不會想要占用點數，這是很大氣的禮貌，讓你也可以把它用在別的女人身上。色情的世界女人是不為難女人的，也替咱們男人設想，三方、多方、八方各不相欠，這個叫體貼。業主也很大方，沒在計較我們省點數的偷呷步，不像我們的政府老是刁難人民。色情的世界有它友愛，和仁愛的價值，so kind 來著，friendship，you know？孔子講『仁』，他會給電話交友高度評價的，『仁』是對人好又對人阿莎力的情操。如果你不阿莎力，光覺得自己好，那不叫『仁』。阿莎力就是慷慨，慷慨到我不囉唆你，也不讓你囉唆。」

　　老哥說，那個女生與眾不同，講話綿綿如絲，不是想搞色情那種撩人，而是不食人間煙火，獨處太久的靜謐與空靈。她中部某大學剛畢業，回到台北。沒有可以談心的朋友，夜深了一時處在疏離感中撥了這電話。嗯，身高體重適中（雖然是自稱）。自忖長得不俗（雖然她認為問這個就俗了）。我知道這種說法蠻老套，但我覺得她像隻習於獨處的貓，好像夜半端坐在車頂上的貓，一動不動，進入天人合一，喔不，天貓合一的涅槃狀態，不然我說冥想好了。冥想到身子離地飄浮那般的隨風波蕩漾，一個不小心跟人類的我交談兩句起來，進而忘了講了幾句。我們很快，喔幾乎是第一時間就愛戀上對方。夜夜咬著電話彼此陪伴。她不急著見面，覺得這樣愜意說笑談心的過程值得維持。彼此不知道對方長什麼模樣，那個年代沒有網路方便秀出照片。那時候我不到三十歲，身材還不顯福態，但我問她不怕我長得醜嗎？她用淡淡一笑來「取笑」我：「你醜我也會喜歡你的。」這是一種唯靈主義的說法。然而她也不否認想見的，她把約會排訂在一個月後的聖誕夜。也算老哥上道，雖少不了調戲她幾句，但止乎於禮，也沒猴急邀她入港。老哥認為優妹要悉心呵護，不能嚇跑對方。她父親是將軍，任職於總統府，但她無法透露太多，我只曉得約略與國安系統有關。父親管她

甚嚴，可說哪裡都不讓去。她自己也不想往外跑，這倒與父親的洗腦教育無關，而是對花花綠綠、吃喝玩樂、笙歌夜舞天生不感興趣，只偶爾陪堂姊去精品店逛買。對購物這種敗家行為，她也沒啥興趣，或說這興趣比一般女生弱，有一種既然堂姊也要我買，到了就買個兩件吧的調調。不買沒差，買了是免得堂姊掃興。可以說蠻逸匿於人世。對紙醉金迷開跑車的銅臭味富家公子，她則用嘲諷的眼光看他們，但又好像連嘲諷也省略的超然超脫。兩小無猜，女方可愛，給他取了個專屬的小名叫「某某」，意謂著全世界只有他被她這麼叫。

平安夜的遠走計畫，將軍的女兒提案說，他們家在高雄有一棟大透天厝，平常沒人住，家人南下才過去。將軍之女說，平安夜我們約在公館某教堂門口，她喜歡教堂當晚的氣氛、孩子們天使般的吟唱、白蠟燭編織的閃爍。然後一起動身南下。嗯，有私奔的氣息，有一種「帶我走」的亡命天涯感，儘管房子是女方提供。她說這段渡假期間，一定要帶某某去吃她力薦的小吃（好像藥燉排骨還是排骨酥來著，老哥說這不重要了）。聖靈充滿的光輝中，平安夜終於來到，這一晚卻過於平安。某某背著行囊站在教堂前苦候良久。電話

也打不通。第二天晚上將軍之女才接起，卻是嚶嚶哭泣，柔腸寸斷喚某某。她說我出事了。

　　將軍之女表示，她被甩了耳光。

　　「家暴耶！」

　　老哥叫我別插嘴。

　　她說我們的事被知道了。聽得出在接電話前就哭了太久的聲音，那是在深淵中絕望的哭泣聲。

　　「不會吧，難道她跟她爸講要跟你下南部？」

　　不是。是她爸爸自己發現。

　　「別忘了我爸的身分。」她這麼說。

　　「……你爸怎麼知道的……」

　　「電話監聽。」

　　「他要怎麼監聽？」

　　「哼，」她冷冷一笑，帶著從小到大積累的恨意。「別忘了我爸的身分。」

　　「什麼跟什麼……你別哭，你好好說。」

　　「哼，沒有他辦不到的事。」

　　「你是說，他可以動用國家機器，調動國安監聽系統，聽到我們對話的內容？」

貓以她專屬的細微音頻哽咽：「沒錯。他都知道了。一切。喵。」

「老哥你被耍了吧！」

嗯，某某直覺被耍，但他不願意這樣想。某某寧願相信，國安局的大將軍監聽了一切，伸出魔爪阻撓這對小鴛鴦。某某寧願這樣想，她如果存心放鳥，那是因為她突然不想吃藥燉排骨。

然而他卻獨自吃了一盅毒藥排骨。

往後幾天他們仍保持聯繫。

「不是被監聽了嗎？還敢聯繫可見是假的！」

「細節我忘了，也好像是改為兩三天聯絡一次，怎麼避開監聽我忘了，總之她會鑽空子主動打給我，好像有一兩次用到公用電話吧。」

「如果有監聽這檔子事，她爸監聽到你們的第一次談話就會阻止她了吧！」

「那不見得，歷史告訴我們，特務總是變態的。」老哥說：「興許他爸也聽得很刺激吧，而且不動聲色才能放長線

釣魚。」

「所以就監聽到『一切』？那不就包括你們電話做愛。」

老哥愣怔許久。

平時這麼豁達的一位前輩，竟也有難堪而惆悵的神情出現。我告訴他英雄也有出糗的時候，你的輝煌史不會因此而不輝煌。嗯啊，超會把妹，老哥上過很多妹子的，雖然他說其實算一算很少，但足以讓我欽羨。「不是啦，不是什麼糗不糗，我都當笑話開心講了。」老哥搖頭笑笑，抽菸，臉上又多了幾許暗沉，剎那間那我懂了。

「你……」我怕我不夠體貼。「……你現在還愛著她？……」

嗯我不願嘲弄一個人陷入回憶的那種憂傷。這句話像扁鑽從他身上拔出來，勾扯他肚皮下的情傷。

「不是。」他說。「我不確定我是在平安夜之前和她電愛，還是之後。」他搔起腮幫子，喃喃說：「我竟然忘了。」

這下我愣了。

老哥斜歪著頭顱輕輕搖晃，我突然想到馬歇馬叟的默劇中撫摸玻璃影像的手掌。

這應該不容易忘吧，這是老哥的第一次，也是對方的第

一次電交耶。我跟他說，我猜是平安夜之前，否則不會到扒耳光。……天啊我怎麼也入了戲。

　　老哥說，對嚴厲的父親而言不必有那回事也可以扒耳光。

　　「這很重要嗎？」我們討論一會兒之後我問。

　　「如果我無法確定這個時間點，我對女人的瞭解就全盤失敗。」

　　「就一個故事來講，它確實有重要性。」我附議。

　　「幹，超過十年的事我哪記得這麼清楚。」他發火道。「幹！今年是九○○二年嗎？」

　　「呃，如果算球季的話，今年是NBA，○八～○九賽季。」

　　「你知道卡繆活幾歲嗎？」他突然翻書唸給我聽：「一九一三到一九六○。」

　　適可而止，我不想再回答一次有關數字的廢話。

　　「幾歲？」

　　我只好告訴他：「四十七。」

　　「錯。」老哥得意洋洋傻笑起。看起來蠻蠢的。

　　「我就知道有陷阱。」

　　「一九一三年十一月七日生，一九六○年一月四日車禍

喪生。四十五歲帶兩個月。」

「……還好你沒有搞學術。」我說，「不然你說的故事大家也會存疑。」

「那是因為我發生太多事故，你不懂。」老哥手一擺，不讓我講話，接著說：「是這樣，當他一九五九年十一月六日時，他還是在四十五歲的範圍喔，離四十六的門檻還差一天。一九六〇年一月四日他也才剛過門檻不久，所以心理上他還當自己四十五，他習慣的自己是四十五。可是他知道這樣的算法不科學，只好把不滿兩個月的部分講成兩個月，這樣就可以達到微妙的平衡。」老哥十指緊扣舉放在胸口橫隔膜附近，「你知道蒲契尼的歌劇《托斯卡》有一首〈微妙的和諧〉，唱出男人直擊一個紅顏禍水的身心起伏澎湃。這就是我的心情，美麗總帶點危險。就算那紅顏不是禍水，美麗是會讓人悸動的，女人的美經由微妙的和諧所創造與形現，男人欣賞女人的美也必須能微妙的和諧，否則她會美到你喘不過氣，想殺人。一個人必須無時無刻在任何題目上練習這種微妙的和諧與平衡，不然他的心靈會長骨刺、會痛風，甚至身體也連帶凸槌。」

5　台灣史・下

　　那一排錐子般立起的灰白色猢猻木，在能見度還不錯的夜色中，彷彿劇場灑下的聚光燈束。說著老哥想模仿帕華洛蒂唱〈微妙的和諧〉給我聽。我否決了他的徵詢。那天是在小公園的午夜，捷運只剩最末一兩班，夜裡聲音傳得遠，我怕吵到鄰近住戶。「等下次人多，你到捷運站門口唱，我一旁還幫你收錢。」

　　「算了啦。」老哥不快的說。「其實我根本不會唱。我只是想試你。」

　　「喝酒啦幹。」我舉起台啤。

　　「你真不痛快。」老哥飲過。「你喜歡楊丞琳嗎？」

　　「還好啊。我想楊丞琳不至於讓我必須『微妙的和諧』吧。」我對這位曾經是『可愛教主』的藝人沒有太多悸動，路上可愛的丫頭多得是。

　　「不是啦。」老哥講，「她在節目中，有人問過她抗戰

打了幾年，她回答十一年。對岸網民震怒，多少年了把她罵到今天。我問你抗戰有幾年？」

「我現在講八年，你一定又要反駁我。朗朗上口的一個『八年抗戰』你是想怎樣？」

「沒錯。日本侵華，有的史家是從一九三一年『九一八事件』東北淪陷算起。這樣算來，一路遇上後來一九三七年『七七蘆溝橋事變』到一九四五年抗戰勝利，總共有十四年。這還不包括之前北伐期間的『五三慘案』、日本對袁世凱下的『二十一條』通牒，日本早就在對中國搗蛋，又何止十四年。這樣來看，楊丞琳儘管犯了常識上的錯誤，但她反而比一般人更體會到抗戰不止八年苦。你覺得能答出『八年抗戰』的人一定愛國嗎？一定體會到那個年月的艱辛嗎？會寫考卷而已。罵她的人只是因為想罵人罷了，逮到機會修理名人可以補償自己當不了名人的卑怨、或是看名人出醜我就可以攫取到某種心理平衡。她答錯了，但她的『感覺』比一般人對。甚至因為她為人太有『感情』才使她答錯。她在主持節目時，對阿貓阿狗的平民來賓和觀眾，總是充滿體貼關照的。她會誇讚他們給他們信心，或看他們怯場及時幫襯。她有體貼人的習慣和品行，所以遇到抗戰這個題目答八年就不足以表達她心中所感受的歲月坎坷。我們面對日本軍國主

義的侵略可以用年來衡量這坎坷嗎？楊丞琳就像徐若瑄一樣，盡能體貼人情。有次我看遊戲節目，徐若瑄去墾丁出通告，過海洋生物館的一個小獨木橋，她驚恐時不忘回頭叮囑攝影師別摔下。她們兩個養成這種細心和貼心，……也所以很多情，八卦豐富，而且屌的是卻好像沒什麼吱吱叫的情傷。被問到了好玩叫叫不算啦，她們不矯情。」老哥的表情好像以自己的發現為傲，十分可笑。我是覺得，這樣就叫貼心、細心？這些字眼好像有點廉價起來，而且老哥忘了她們是演藝人員耶，台前的言行舉止不過是出於一種表演；而私底下的生活也可能是表演的一部分。

「你是跟她們很熟嗎？」我摳摳人中，代替挖鼻孔。「我只能說你比我想像中愛看電視。」

「好，問題來了。那如果日本侵華從『九一八』算起，」老哥止住女藝人話題，卻兜回抗戰，作出懸念神色。「可他侵華，不代表我們有在抗戰吶。蔣介石在『九一八』時不是宣佈不抵抗嗎，還把張學良也帶衰。」

「是啊！所以有在抗是八年才對不是嗎？」我說，「……我正要提出這個疑問。」

「錯。馬占山自己就跟日本人打上了。蔣介石的不抵抗

政策對不對我不好說，但中國何其大，門派何其多，蔣介石攔不了各路英雄豪傑耍酷的機會。老先生根本沒正式統一中國過、沒有那個能力充分調度每支軍隊。有歸有，但都要橋半天。直到『七七事變』各路軍閥和共產黨才正式同他合作抗日，不，應該說他才同軍閥、共產黨正式合作抗日。那是蔣介石有生以來第一次能號令全中國。不是因為他能耐大，而是因為大家愛國。往後這八年也才成為他一生中在全中國聲望最高、萬民擁戴的黃金時期。軍閥和人民是多麼了不起，願意團結軍力、團結民心來給他機會。不計前嫌吶。全是為了國家吶。」老哥露出遠眺歷史的神情，掩不住的幾許激動，好像那些軍民由遠而近跑回他眼前鬼叫。「直到『七七』之前，誰在抗日？都是軍閥用自己的力量在抗日，一九三三年西北軍在長城沿線和日本人大刀武士刀對砍，一九三六年山西軍在內蒙對日方發起猛攻，蔣介石在幹嘛？他只扯後腿，軍閥出風頭他眼紅，軍閥戰力強他隱憂。一九三二年『一二八事變』在上海，跟日本陸戰隊也打過一個多月，參戰的那幾位廣東軍頭和蔣介石是合作比較久的，結果隔年發動『閩變』對蔣介石造反，宣佈自組政府，還立國號、國旗。雖然閩變一下子就掛點了，可見蔣介石真不受歡迎。」老哥白我一眼：「楊丞琳的感覺才是對的，只是她說不上

來。」

老哥莫非是喫醉了還是就愛抬槓。

「那歷史都跟著感覺走好了！楊丞琳錯就是錯！難不成錯的是我們！」我只差喊出來。

〈跟著感覺走〉是蘇芮從前算風行的一支歌。

「歷史本來就是跟著感覺走。」老哥飄飄然說。「只是感覺對不對的問題。感覺、直覺通常騙不了人，偶有例外。好比這十幾年下來，很多人才開始感覺自己不是中國人，這是經過洗腦之後的感覺。像你們這一代之後的，出生或成長在李登輝和民進黨主政下，你們從小就感覺自己只是台灣人──而已。這個感覺的產生，是因為你『需要』一個感覺──而已。就像小男生小女生談戀愛，思春，發春，總歸是個春。你要說『思凡』也可以，如果你認為『思春』不好聽。可這《玉簪記》裡思凡的小尼姑不就是因為給關在尼姑庵才想要下山。如果沒大人用禮教的教鞭死要管住她，山不一定要下，凡也可以慢慢思。為什麼我們說發春容易發得很驪，詩人拜倫或是莫泊桑他們，曾經對一個失戀的女孩講過：『你愛的不是他，你愛的只是愛情本身。』你懂我意思嗎？你以為喊『愛台灣』的人真的知道自己在愛什麼嗎？

喊『阮係台灣郎』跟喊『我想看Ａ片』有什麼兩樣？跟作父母的人對孩子講『喔！我這麼辛苦都是為了你』是不是一樣的荒謬？可你要是嗆爸媽說『喔？是嗎』，場面也很歪。假設父母改說『嘿小子我努力加班可不是為了你』，子女說『不，我覺得你就是（為了我）』，父母說『喔，好吧』，這樣又成了一齣什麼劇？於是雙方忍不住噗哧一笑，一起大喊『去死』，這樣搞不好健康一點，然後全家一起看Ａ片，歐耶。沒人說看Ａ片是個錯，但整天腦子裡只有Ａ片的話老二是很累的。莫泊桑的說法只是浪漫些啦：『姊姊！我相信你所戀愛的對象，一定是那天晚上的月光。』所以為什麼曾經有一個日本ＡＶ女優名叫『光月夜也』，吧？人家是有所本的搞不好。為什麼她那麼期待或說那麼接受男生射在她臉上，因為她當那是月光。」

「……夠嗆。」我只能這麼說。

「事實上我們一直是中國人，反而對岸很不像中國人，從『改革開放』之後才漸漸像中國人，但至今仍沒我們道地。當他們漸漸像中國人，或容我惡毒的說，當他們漸漸像人的時候，我們反而不跟他們要好了，這會不會讓你『感覺』怪怪的？那當初何必又要跟他們要好？」

「我們本來就沒跟他們要好過吶！」我覺得老哥在發夢。

「錯了，你還年輕你不曉得。政客和兩岸專家不告訴你，學校老師也不想提，一九八八年元旦兩岸宣佈開放交流以來，一直到一九九〇年代初期，有大約五年雙方特要好的。凌峰那時候走南闖北拍的《八千里路雲和月》每週在電視台上播一次，幾個年頭下來恐怕就讓他吃到現在。你以為都是外省人在看這個節目嗎？十個本省人只怕有九個在看，另一個要上班還叫他家人一定得錄下來。」

「你也太誇張了唄。」雖然蠻誇張，我似乎把他說話的方式當成一種相聲鬼扯淡式的表演，或說很欠打的表演，倒也興致地聽下去。

「外省人看的比例反而沒本省人高，因為他們之中有一小票人只看美國喜劇，盼著哪一天移民去美國。也不是他們不愛台灣，他們只是從逃難流亡中『培養』出一個危機感，或只是單純的想去更好的地方。這種『單純的想去更好的地方』於本省人也一樣，說穿了人都一樣。只是以前當大官的、有辦法的，通常是外省人比較多。你看本省富商好了，發達之後不也想為自己或小孩弄張綠卡。」

「好，那麼短的五年你也要『計較』的話，」我並未因為聽他扯屁而失去理性：「就算有五年要好，那為什麼五年後會搞壞了呢？誰的錯？」

「你反應倒蠻快。」老哥一笑。「蠻好的。」老哥舉台啤碰邀我飲酒。

「如果要一直盧這個，說到底或說破頭，大家只會問你是統派還是獨派啦。」我獨自將酒飲過，酒液入喉間我暗起了防衛心。「老哥，別聊政治好嗎？」很想打一個不禮貌的酒嗝。

「我不會去說『我不支持台獨，但我不反對台獨作為台灣前途的選項之一，我捍衛台獨的發言權因為我捍衛言論自由』這種廢話。」老哥還要講，「我要說的主張是『我支持台獨，但我堅持我是中國人』。」說完他倒先打了個酒嗝。

「這是什麼？這很矛盾吧。這裡頭牽涉到不同層面上的定義，這個要釐清。你的講法，推動台獨運動的人才不和你站在一起。」

「那最好。」

「不聊這個最好。」

「不就是文化上和政治上的中國定義那套嗎？喔，台灣人和中國人在文化上屬於華人，但台灣和中國分屬不同的政治實體，所以台灣人不等於中國人。——你要講的不就是這套分解、裂解式的定義嗎？問題就出在沒事找定義，找到了就給他鑽進去躲進去，大家都成了二十四個比利。我必須說

明一下，比起統一，台灣更適合於獨立，這個你我是有共識
的吧。只是對我而言，即便以後有改國號的一天，我也還是
自稱我是中國人。怕了吧？我管你怎麼定義和區別。像我這
種人移民歐美韓日非洲五代也還是自稱中國人。這不是什麼
『中國魂』，這只是『中國春』，天生的荷爾蒙、死樣子。當
中國人根本沒什麼值得了不起，只是人家要這樣叫我也沒
差。今天假如有一個嫁來台灣的越南媳婦被人家問：『你認
為、認同你是台灣人嗎？』她如果答：『見鬼了！我明明是
越南人！』那我會覺得她很屌，天底下最質樸和最慧明的人
反而是她吧。你怕聊政治，因為你無法平常心的把政治當成
思想的題目之一去自然談起。思想是無所不談的，剛好聊到
它就該給它聊一聊，迴避反而是心裡有鬼、假和平。性與政
治之所以是禁忌，最怕的是因為你自己心裡頭有禁忌。」

「我很怕你可以唄。」

那老哥繼續靠北。

「你對從前的事一無所知，可比你年長的人就算經歷過
也選擇遺忘，因為他壓根忘了，或者是，記得只會讓他發
窘，所以他必須忘得徹底，或重組記憶、重新剪接和杜撰記
憶。你只看到網路時代大家在發色情，但你不知道在當代以

前大家用電話交友來搞色情。我今天如果不告訴你，你的年紀沒趕上，你會知道這些嗎？就算你是老一輩，可是你以前一直乖乖的，你也還是不曉得這些，或者等我說了你才啊一聲思想起。可我現在告訴你了，我把曠男怨女色情勾當的演進過程告訴了你，讓台灣色情史補上缺頁。兩端銜接起來後，試問你會感到怵目驚心又噁心嗎？可能會。也可能你反而釋懷，發現以前的人本就如此低級，那麼現在的低級又根本有啥大不了。世界沒改變過，從西班牙內戰的殺伐、中國軍閥的混戰、國共內戰的大相殺、中東、非洲、中南美、巴爾幹、韓戰、越戰、選戰，製造敵人的欲望可沒閒著，製造仇恨來煽動力量，為的無非是鞏固或攫取權力。為什麼政客不告訴你兩岸要好過，他們巴不得你永遠仇恨對岸，他們不樂見和解的趨勢，他們不懂真的想實現台獨就必須和解，而他們也沒真心搞台獨也就不願和解。挖了一個『我不是中國人』的坑往裡跳，人民陷落進去，坑頂上拿鏟子埋人的是誰？年輕小妞和歐里桑說你不撤飛彈所以我要獨立，這多滑稽而危險啊，那萬一對岸撤了，我們豈不是就不獨了？獨不獨的理由弄得這樣薄弱哇。是的，我說這世界沒改變過，就像明朝的人不也很亂，不然怎麼會有《金瓶梅》。明朝的人如果保守，又怎麼會熱愛《牡丹亭》？這些書從明朝一路被

愛到清朝還跨民國越解放不是嗎？你看到這個過程就不會搞出一個搔首弄姿的性題材的什麼前衛藝術而沾沾自喜你腦子多強、人多勇多威多狂多活潑多搞笑。你可以說因為保守壓抑才會暗地裡亂搞或出現某種反彈，那也沒錯。但笑笑生、湯顯祖、王實甫、曹雪芹他們之所以好，並非光只想造個反。他們的好在於他們讓你消閒解悶，也真的能讓你解──悶，而且，美。《金瓶梅》或許不全面專攻美，但它的爽也還是美的陶冶下的一種新爽快，那種文采飛揚讓你看到作者的朝氣，而且他還精心寫出那些人物鬥爭上的可怕。他的朝氣是種乾淨，無須對比於鬥爭才得以顯出乾淨的一種乾淨，那是天然性、生物性的乾淨和痛快，是作品和作者合而為一的一種清新。即便那種朝氣在對比鬥爭中確實可以脫出一種乾淨，那是人性上的乾淨。朝氣、元氣、清新、活力、原始、單純、純粹、純化，偉大的作品我們很難找到適當的字眼來描述它，但你絕對不能講《金瓶梅》是情色小說，不必小氣巴拉欲蓋彌彰去講它的價值在於描寫明代社會的什麼鬼結構或現象，你要講它是色情小說才對了頭。現代人腦子和心都髒了，或說混濁了，所創作的色情也就讓人看了難受或做作。」

「嗯。」趁老哥講話時我開始自己喝酒。抽菸的動作我

省略記下，畢竟越來越多人討厭菸鬼，我不想在記錄政治之外還多招進其他討厭。政治我不想管，色情這部分我沒意見。但，「電話交友我沒經歷過，聽你敘述後，我覺得網路時代的色情好像比較亂吧。至少這麼說吧，感覺不管走到哪，大家都在談網路上的什麼。不過我也不曉得……」。

依然靠北。

「你剛剛講到了『感覺』這兩個字。」老哥用食指朝我隔空輕點，一副樂歪歪的蠢樣。「對！你聽了之後，你會有你的想法和感覺。你的講法不一定對，我的評說也不一定準，你可以有各種我們意想不到的精闢的詮釋或巧妙的引申，或你只保持謙卑的迷惑也很好。但至少我先把真相攤開來給你看。歷史不就是這樣，你要怎麼詮釋和發現先不管，但我們不能遮蓋，不能基於我的政治目的或什麼鬼目的，而來選擇性的把資料給你看，讓你以為天底下的資料僅此一家壟斷視聽。因為我很道德，我才會告訴你兩岸之間曾有蜜月期、才會告訴你電話交友那個可愛又低級的懷舊年代色情往事。你的感覺如果敏銳，你甚至可以從『感覺』、『直覺』跳到『領悟』和『頓悟』的層次。於是你知道兩岸之間原來可以和平相處，事情其實是可以簡單的。於是你曉得七情六

慾，古往今來摳兩下的癮頭沒什麼了不起，古人可能靠飛鴿
傳書也可以摳一管，線裝書的書角下也可以藏一片用來搔陰
蒂的小淫器。你大可以講以前歸以前，但你不能不知道以前
就說現在。有位已故老記者叫陸鏗，他寫過一本回憶錄，講
他在中國大陸坐牢時，親眼看過獄卒把女囚犯們的各式手工
或替代的淫具，統統丟在集合場上讓所有男女囚犯看。這是
很殘忍的一件事。如果你是那個淫具的持有者，除非你以大
氣魄來看，那麼你會恥笑那些以凌辱為樂的變態獄卒，否則
你只感到蒙羞，甚至痛苦自己對不起黨。問題是在那個緊迫
又肅殺，一種罪行揭發儀式的處境當下很少有人有功力可以
『除非』。」

　　「太慘了。」我說。「聽了我都想手淫了。」

　　「你感覺日本人留給台灣很多東西嗎？必須『認真的』
老師或『所謂的』專家告訴你，你才覺得『好像』有。也就
是說，不去挖空心思找給你看，你還真看不到。正因為你看
不到，所以你感覺日本人沒留下什麼值得一書的東西，而這
個感覺搞不好還真對了。那些後來的人誇大日本人在台灣的
什麼建設上的卓越功勳，事實上我們的長輩除了唱幾首日本
歌，還真沒留下多少具體的痕跡或抽象的雞雞毛。一座美侖
美奐的總統府，嗯，還有呢？你家吃的是日本菜嗎？根本不

是。那你跟我說日本文化對台灣影響有多大？」

「停吧老哥。」我懶得喝酒了。

「就算真留下偉大的建設，需要心存感念嗎？照這樣講，國民黨最值得感念，多肉麻哇，搭捷運的時候你該哭吧。即便有什麼建設或推行，那只是服膺在軍國主義之下對台灣人民的一種剝削。不是說它好的措施沒照顧到台灣人，有。但大前提還是剝削，利益是給日本殖民政府拿走，頂多他吃肉，你喝湯，給你骨頭啃，你感激個啥子？你看現在還有不少糖廠遺址，表面上日本殖民政府對蔗糖農工業經濟推行得多好，但你根本不曉得，蔗農把收成過磅時，日本人負責登記，他不允許台灣人看他記下的數字，他存心坑你，讓你吃明虧暗虧。不然日據時代怎麼會有彰化二林的蔗農起義事件。」老哥繼續講著：「面對感覺或說直覺的時候，你分明可以誠實感覺到，只是你可能想騙自己所看到的也不算什麼。當你聽到有人講日本人給台灣人帶來了守時、守法、下水道，你會不會想笑。下水道是個工程，這可以勉強記大功。守時守法他奶奶的也不是不重要啦，可連這個都能搬出來說嘴，只證明日本人還真沒幾條事業可以講，何況守法的背後可能還有法西斯暴政的陰影。甚至我必須講，以日本人的才華，有能力把台灣建設得很好，但大體而言沒用心做。

有是有，但沒有好到家。哪個家？像他日本自己的家。讓你的直覺來直擊，或說讓直擊來直覺，誠實才能坦然。好比你晚上到林森北路，往小巷子、幾條通走去，日本客人喝醉大搖大擺大吼的模樣，你看了噁心，為什麼？因為他從日據時代以來養成了來到台灣我就是老大的心態。我為主，你為奴。光從這個感覺點來直擊，把日據時代的種種美化就推翻了。」

「這我沒去看過。不過會不會日本人在英國德國美國、和在他們自己日本國境內，喝完酒都會這樣耍老大走路？我只知道，日本人來到台灣，講台灣的抽水馬桶為什麼不能丟衛生紙進去，他們的都可以。說真的，今天如果台灣仍被日本統治，至少會先進一點吧，馬桶就是啊。而且漸漸的台灣人的地位也會和日本本土國民相平等，就像他們現在好像也沒……歧視沖繩人吧？或許以前很嚴重，我不清楚。至少台灣面積和人口比沖繩大和多，地位相對會高吧？」

「沖繩人民在二次大戰犧牲慘重，現在又被美軍盤據，日本政府看到沖繩人汗顏都來不及。」老哥海海咕嚕嚕喝一大口。

「可是我還是覺得屁股的事太重要了。衝著進步的馬桶，如果真要我選擇的話，我很難否認我想當日本人。」我

喝一口隨即說：「就說最近台北市正在我們社區做住戶下水道和化糞池的連結工程，我想以後可以扔大便紙進去了吧，我問工頭，他說還是不能丟。到底問題是出在馬桶構造還是衛生紙材質，還是下水道施工方法的問題，他說了半天自己也不肯定。我唯一可以預料的是，工程做好，挖開後的路面，八成填不平。一直以來我們就是在這樣坑坑巴巴、凹凹凸凸的馬路上長大和生活。可以請日本工人來支援我們嗎？」

老哥點點頭：「而且日本人對街貓很友善，貓不會怕人。」說著攤手：「可不單日本的馬桶才可以丟衛生紙吧，這樣一來除了台灣人不當，我們想當的人還真不少。喜歡藝術的人希望被法國統治，愛聽搖滾樂的人希望青天白日改成米字圖。」

「那有什麼不好嗎？」這次換我靠北了。我不是上火什麼，這只是一種反彈。或許也是些微有上火，但沒有火也很難相處下去。「你好像很憤慨耶。台灣本來就是容納多元文化的地方，每個人心中都可以有一個屬於他自己的國度。在這個島上，支持統一的人雖然很荒謬，但我們也要尊重，畢竟這不等同於支持納粹。我這樣說沒錯吧。」

「但你未必打心底尊重。」老哥露出神祕的笑容：「不

過這也沒那麼要緊，合著『尊重』是流行語。毛澤東也跟台
下的人說過他很尊重梁漱溟，還舉手投了他一票咧。」

「你有什麼資格說我不懂尊重呢？你有什麼理由指控我
不尊重呢？」我振振有辭地申訴：「如果不尊重統派有其發
言權，那豈不是跟從前講台獨多麼醜陋而打壓台獨一個樣
了？我不明白我這樣的說法還必須讓你反對什麼？我不想談
統獨不是因為我怕談政治，而是我討厭政治，我不喜歡對
立。」

「我看未必。你怕談政治極有可能是因為你熱衷政治，
就像你愛女人但你怕自己追不上所以對外宣稱你不在乎女
人，然後學女人裝出很有見解、很成熟的腔調在那邊悠悠的
說：『喔一個人過，也蠻好底。』我告訴你，我就是統派，
你怎樣！」

「不會怎樣啊。」我失笑說。「我又不會因此和你斷
交。台灣也不會因為你這句話就跟中國統一。當然，也不會
因為我希望台灣獨立一覺醒來就能獨立。我們花這麼多時間
扯這個又何必。」

就在這時，老哥的眼睛發散出奇異而精神的光輪，以正
經八百而穩重中平的語調說：「不是和中國統一。我支持的

是，台灣和菲律賓統一。國號是『台律賓共哈國』。而且仍然可以是島國。」

「這……」

「地理上最接近台灣本島的是誰？是中國大陸還是菲律賓？至少不會差太多，從墾丁過個巴士海峽就到了。然而我們卻對這個就住在隔壁的鄰國一無所知，該受懲罰，應該統一。」

「懲罰？」

「重點是，我們總看不起菲律賓人，我們憑什麼？就憑自居高人一等？自居進步？自居長得比他們好看所以就粉賤？」老哥說：「我們是主，他們是奴，我們雇請菲傭菲勞耶，好屌嘞。那就來統一唄，把勢利眼的心地給滌淨。那不行，我們不行跟中國統一，中國人搞不好更看不起菲律賓人，你看他們的有錢人陰囊太大、外八字走路的那副賤樣。夠了，我們不要跟那種國家的人統一。中國請退散。」

「那我們不去歧視菲律賓人就好，為什麼一定非要統一。我們獨立也可以不要勢利眼吶！」我一口氣說下去：「再說台律賓成立後我們就會比較不勢利眼嗎？就像上海人、北京人屬於中國人，還不是對很多同樣身為中國人的外地人高姿態。」

「……是沒錯。」老哥有點結巴起來。我承認這讓我看了竊喜。

「所以還是可以台獨阿！」我乘勝追擊。「本來就應該台獨阿！」

「是沒錯，只是這樣很……沒創意。」

「創泥老木！！！」我大怒。

老哥倒是好聲好氣：「你知道嗎？組成台律賓後，國際上也不會把Taiwan和Thailand搞混了。你今天獨立成台灣國，他們還是一樣搞混。也不是因為我們歧視東南亞人才怕被人家搞混，叫錯名字總是個尷尬咩。」

「還有咧？」

「我們老愛說我們是海洋國家、島嶼島國啥的，不像從前以島國為恥，這個逆向思考美麥。嘿！我們反過來看不起大塊牛排，……講錯了，我們反過來譏笑大塊陸地，強調我們的自信心。或說，基於想保護保全自身，反共反極權，當個逍遙的島國，拒絕跟中國統一。或說，並非基於看不起誰、拒絕誰，只是我們想認識自己，所以這樣自稱或描述自己。——所以，我們有強調島嶼、島國的需要。是吧？這未嘗不可阿，但會不會太氾濫了。我連第一次聽到都覺得氾濫，只是基於你說的鬼尊重我忍著聽下去。我們四周有海

洋，我們身在一個島上，這是什麼偉大的發現？這廢是不廢。你在你的生活中可曾無比的感覺你活在一個島上？你等公車、搭捷運、上學、跑客戶的時候你意識到你在一個島國上？你失戀的時候是因為你身處在一個島國？你吃到美食好料理的時候你興奮高喊或大嘆：『島國真好！』你插入女人的時候你亢奮或欣慰：『這就係咱島國的好糠（洞）！』——狗屎蛋，如果我們要讓自己正常、平常心起來，如今只好邁入一個極致之境，那麼就不能不把島國搞大、把領海的範圍更擴大，這樣才能醫治我們自卑自大虛妄種種的三八病，所以台律賓的統一和建國有其必要。」

我氣得打火機連續點不著。當然我也不會真的跟老哥生氣啦。

「其實，……中國也在一個島上。」老哥說：「歐亞大陸是一個大洲，那不就是一個大島。而且中國還占不滿這個大島，哼，不像我們可以統治一整個島。」

「島不島有那麼重要嗎？你這種自以為的批判才是把自己放逐在大海洋上。」我吐口海霧，不，菸霧。

「我哪有批判。」老哥說：「島，就是老二，浮出海面就像肉棒想撐破內褲。」

「所以老二衝破內褲，卻又因為包莖，露不出龜頭，是

嗎？我抓到你的思路了，你的思路就是沒完沒了。接下來你又要討論龜頭是不是又紅又大是不是？然後大紅龜頭高高掛卻又沒有屄可以幹，就他媽好可憐是不是？」

「你好幼稚。」老哥似乎無辜起來：「我是真的認為……台律賓的主意不錯。」

「我挺你，好嗎？因為哥兒們不挺你還有誰會挺你我很懷疑。」我只好這麼告訴他。這個總結至少可以讓他暫時封口，扯大半天他只是想聽我說，老爺，您是明智的。我心中納悶，這場廢話的討論真是台灣人還是我一個人的悲哀。

略施小力，我把手中的啤酒罐擠凹陷。聲音婉耳。

6　將軍之女

一霎時把七情俱已昧盡

參透了酸辛處淚溼衣襟

我只道鐵色情一生鑄定

又誰知人生數頃刻分明

想當年我也曾撒嬌使性

到今朝哪怕我不信前塵

這也是老天爺一番教訓

他教我收餘恨　免嬌嗔　且自新　改性情

休戀逝水　苦海回身　早悟蘭因

可歎我暗地裡遭此矇混　遭此矇混

我的妹啊　把保全誤作了自己的將軍

　　　　　　　——鬼音程派《鎖麟囊》改寫

在國民黨長期統治台灣期間，對黨外人士進行監聽、跟蹤。監聽至少有兩種，一種是放竊聽器在敵人家裡。一種是電話監聽。事實上時至今日每個國家無論何一政黨執政，基於所謂國家安全和社會治安都必須把監聽列為永續經營的科目，差別恐怕只在監聽對象、範圍的選擇，而選擇的背後則藏著不同的目的。那目的不見得基於國安和治安，或是把國安治安無限上綱，或是大跨步拉出一片灰色地帶去擴聽。這其間有爭議，有醜劇。

某某想不到國家機器、國家警察除了消滅政敵也消滅到他的愛情。這樣想一想也蠻偉大悲壯的，這場愛情的監聽記錄應該要送去忠烈祠供奉，給遊客觀光客恭聽才對。可是！如果監聽一事只是將軍之女捏造的，這段《窘情記》的小悲劇值得綴上「忠烈」嗎？──不但值得，而且這根本是大悲劇的啦。只要有用心演，悲劇就不分大小。十三張麻將做個「卡五、獨聽、將」的小牌起胡不也是認真又緊張。即便將軍之女捏造謊言，她終究運用到「監聽」這個題目來發揮（可見她曉國情、通歷史），受害者依然產生了不是嗎（不單某某受迫害，她自己也面臨某種程度的摧毀）。廣義、間接、弔詭來說，某某仍受到「政治迫害」了耶。正因為這算哪門子的政治迫害，所以才叫人啼笑荒謬。對了，搞不好女

方的父親與國安系統天邊地根扯不上邊，也並非將軍，興許
是一位運鈔車不佩槍的保全。誤把保全作將軍、誤把將軍作
父親。說這樣倒不是輕視保全，且該被輕視的是她才對唄。
什麼均可推翻了如今。可，是不是將軍又如何、列舉出可疑
的細項又如何，他們在電話中交往（含交配）的美好，是個
事實。好歹快樂過一場，那也算值得珍存於心了。

　　只不過，當年的某某雖能具備對美的這份認知，究竟是
很難灑脫的。他想揭開謎團，想爭取見面。萬一她說的是實
情呢？不是實情就不能見嗎？還是說無論是否屬實，她都不
願在現實生活中與他相見，因為那將充滿各種不可測。簡單
說，將破壞原先對對方的好印象，更怕自己給對方壞印象
（這不一定與外表有關，而是相處和溝通上，好比有的女生
真心困擾於自己「是個很難搞、歹鬥陣」的女孩），總的來
說關係將趨於負面居多。或是，無論她說謊與否，原本仍都
打算見了，誰知道陸續發現某某許多討人厭的地方，心生頓
挫，於是相見不如懷念，沒懷念不如自己下麵。（冷）

　　某某在「放鳥事件」後的那陣子，委婉的問過將軍的女
兒是不是長得醜胖，她說不是。甚至激將法，某某嗆說一定
是！將軍之女生氣說你才是胖子！某某說：「你幹嘛歧視胖

子，你如果胖得可愛我也會喜歡你吶！鯨魚就很可愛不是嗎？……雖然那太大隻了點。」她搶白：「我認識你這種人之後我什麼人都不歧視了。」他說：「所以你就是。」她抑住怒火，冷笑，是！你說是就是了。過了約莫半年，他才又接到她的電話。劈頭第一句就是憂傷抑鬱的慍怒：「你為什麼可以對我做那件事……」某某和她做過幾次忘了，嗯，至多兩次，至少一次。也不能說「至多」，這樣好像嫌少似的，不是這意思。她可是付出情意的。除了電愛部分，她也曾坦言自己是處女。當然付出情意與處女與否不必混在一起看，重點還是在情意，她真心喜歡這個朋友。記得電愛時某某引導她撫觸陰蒂，她悸動中柔聲說：「好敏感！」

　　一年後她又打來，這次問了某某的email。只因時代進入了新紀元，那時候全球人民愈加普及使用網路和手機，某某和她還算是比較晚用手機和網路的。不過也只通了兩封短信，拍不出什麼嗡嗡聲了。

　　「我們斷了，就像網友斷了，淡薄了，遺忘了，消失了那麼正常。」老哥說。

　　「不瞞你說，」老哥稍作停頓。「我有次還說我一定要見你。她說不行，我管她，我大氣魄殺去她家附近。她說過她家住哪一帶，雖然沒講住址。天氣夠冷的了。我在街頭等

她。她沒出現。之後另一次她一打來，連聊天也省了，我劈頭就說不用講了，我現在跟你約師大郵局對面的哪裡哪裡，我站路邊又等一次。也沒來。該做的都做了，這樣我心也放下了。大概就是那次開始遠了，然後半年後才接到她質問的電話。問email那次倒很簡短，不過我記得電話中她講了一句。這是她留給我的最後一句。」

「哪一句？」老哥打住等我問，我配合著。

「這次她沒冷笑，只是嘆口氣。」老哥說。「她慢慢悠悠的說，你是成不了作家的。」

聽到這兒我開始講老哥你在我心目中比作家還屌八百萬根陰毛。

老哥說：「我沒想當作家。也沒寫東西。也沒想發表。也不希望發表。我討厭作家。我看書是因為我討厭他們的作品。我必須藉由偶爾看書來確定我討厭他們、討厭書。我需要這種確定的感覺。雪特，我跟她說過我想當作家？……我是有寫東西，但我沒寫出什麼東西。問題是我清楚得很，為什麼我必須寫完一個什麼，又為什麼我必須寫出一個好像像樣的東西、像是『作家』寫出的東西。如果我寫東西，那是因為我想找人講話。可是，如果有人真的聽到，這一霎我就卑微、渺茫了。你聽過京戲《鎖麟囊》有一段〈一霎時〉

嗎？一霎時是什麼樣的感覺啊可以說得了的啊，一霎時就是『一霎時把七情俱已昧盡，參透了酸辛處淚溼衣襟』。」

7 摩天輪之含

　　記得那次（哪一次我也忘了，反正我們聊天的其中一次，講到什麼渺茫那次），他還對我說了一些大城小事。

　　「你知道嗎？」老哥遞給我菸。我喉嚨有點乾，想抽自己帶的菸，不過我還是接過這枝，這一瞬間很難啟齒推掉。我一邊假假小含半口噴掉，一邊猛點頭分散他注意力，讓他認為我正聆聽著話音：「有個移民到美國的台灣女孩，跟父母一起過去的。她跟我說，他們高中規定要讀《蒼蠅王》。然後我查了網路，加拿大高中也是，橫豎北美都要。」話到此間他柔聲說了個「幹」。繼續：「為什麼不讀《蒼蠅王八蛋》呢？因為王八蛋是中文，你不可能說我們來讀Lord of Flies Eight Eggs，老外聽不懂。」

　　「……重點是？」我問。

　　「那個跟我講規定要讀《蒼蠅王》的女孩，嗯，我跟她只是朋友，沒曖昧。身為大叔的我倒還當過她的戀愛顧問。

去年暑假她從美國返台渡假，她是大學生。她說和一個男孩
在高雄排隊搭摩天輪時，主動和那個男孩熱吻，故意給排後
面的一家人看。那家人是爸媽帶兩個小朋友，一男一女，國
小的年齡。那家人並沒得罪她或討她喜歡不喜歡，只是乖乖
排隊。她說好刺激。上摩天輪後，她主動幫那個男孩吹。她
說那家人從另一個球體的座位不斷回頭望他們。她說她不知
道自己為什麼要這樣。事後頗不安，但又不感羞恥。這個女
孩蠻喜歡詩人夏宇的作品。回美國後，她勾引死黨的男友，
在車內幫他吹，主動讓他噴臉上，她說很屌，頭髮都沾到。
同樣的，她並未為自己感到羞恥。她不認為她背叛死黨，但
必須隱瞞使她感到不安。她不願讓那男的插入，因為絲毫不
想跟他做愛。出來後一段緩解、過場的驅車滑行時間，那男
的問，我們還是朋友嗎。她心想，不然咧，反正我跟你也不
熟，我們本來就不是朋友啊，什麼叫『還是』，而且也不會
因為含過就成了朋友。這男的蠢到阿里不達，真替死黨感
到不值。她對他的要求很低：『好好開你的車。』他以為這
句表示你和女友好好交往就好，倒也輕鬆。他蠻會開車，接
著過彎時來了一個漂移，嘻嘻笑著望她，期待她在驚險的
感覺中知道他很man。她很想吐，吐在他身上。其實她只是
很通透，此一男僕的基本價值只剩下當個好駕駛，卻又連好

駕駛也演得差。我不是因為想瞭解她才讀《蒼蠅王》，那只是個巧合，有天她問我在幹嘛，我說正在讀這本書，她說喔我讀過。後來我懶得讀了，問她結局。她說忘了。我只好在MSN答覆她：『…………』她人很nice，停了一陣，大概是為我做回想。之後告訴我，反正很血腥，小孩們被困在無人島上，相互殘殺，有的小孩死了。誰死了？兩個字，忘了。她實在不曉得自己有多酷，那一霎還真把我迷倒了。我不死心，跳著翻到後頭瀏覽，和看目錄推敲，問是不是有大人救走他們？她說對不起真的忘了。」

「所以呢。」

「沒有所以。我也不知道我在說什麼。」老哥說。「我想，這使我更確定這本書不值得唸，不然高中生為什麼忘光光。高一時看電視播的老電影《英烈千秋》，我現在還記得柯俊雄演的張自忠將軍，帥啊，雖然那時候我不曉得張自忠其實不算正牌國民黨。長大後我查書，天吶，張自忠的照片搞不好比柯俊雄還帥，濃眉大眼鷹鼻子。他是屬於軍閥部隊的西北軍系統，國民黨把他們的功勞都接收了，不跟我們講張自忠不屬黃埔一脈。他是邊緣人，孤鷹。」

老哥的菸灰太長，斷落下。菸灰散滾地上的鏡頭，我突然覺得髒。

「或許，本質上她和《蒼蠅王》的人物們一樣。」老哥說。「這是我勉強替這本書找到有價值的地方。可是她這個人，還是比書強。」他在「人」上加重音。「作家也是一樣嘛，人比書強，或至少人和書一樣好，那才是個好。有句話說『人要比文章大』，好作家的人格和丰采讓你感覺到他的無限和神秘。換言之，人的作品不夠好，那很可能是因為他的人品不夠好。那可不可能人格變低劣，卻創作出好作品呢？基本上不能。如果一個渾濁的人能有好作品出手，那應該是他的人格還沒變質以前創造出的。品操一旦渾濁作品也會爛掉，至少你會發現作品中有一種不知所云的陰腐感，像雨和泥土葉子爛黏在一塊兒，欠缺生機，不是個有機體，只剩下雜雜。如果後來他有好作品再現，理論上那是他反省後的端正吧。但這只是理論，其實很難，人濁了就濁下去了。人都會犯錯，都會良心不安有所虧欠，我跟你提過的新聞界前輩陸鏗先生，這位白髮老翁寫的那本回憶錄叫作《陸鏗回憶與懺悔錄》，書名就蠻可愛的。但凡作品只是一個人的一小部分，無論好壞，好文章是好人的一小部分，爛文章也是爛人爛的一小部分，他的人一定比文章還濁氣，還糟，還混球。賈寶玉說過他討厭濁氣的人事物，而大部分的男人剛好都很濁，男人是濁物，包括他自己。當然這是他對自己的

覺醒，他要真那麼濁，這本書我們也看不下去了。他品出女生身上才有的一股『靈淑之氣』，親近女人是好色也不僅是好色，那是他可以與她們相感應，襲人就曾罵他喜歡在女人隊裡鬧。你看這『隊裡鬧』，光三個字這本書就成為經典，作者就絕非濁物，即便它是一本懺情錄，他卻是難得有情人了，甚至他可以是女人的知音。這三個字，又調皮、又三八、又固執、又乖巧，他就喜歡這樣混進去，他成了隊伍的一員，他沒要凸顯自己，他謙卑的只是她們的一份子耶。對平民來說也是，人會比作家大，人可以只是一個小小的個人，套句你講的『多元』，誠所謂『查某郎的心事百百航（樣）』，是個別的那個個人。而人也可以是海海人民、草草草民、繁星那樣多那樣亮的庶民，就像寶玉家裡的丫鬟那麼讓寶玉放在心裡尊敬和懷念，這寶玉要是生在現代一定喜歡熱炒店勝過大餐廳和夜店。沒有這個認知，不會是個起碼及格的作家或任何藝術創作者。如果做不到『人要比文章大』，文章也就大不起來，小不下去。杜麗娘唱得好：『最撩人春色是今年。少甚麼低就高來粉畫垣，元（原）來春心無處不飛懸。』這是基本面，卻也是終極秘境。」

「我沒看過《蒼蠅王》，沒法說什麼。」我不知道該回應啥。

「我講的也不是這本了，我也只翻了幾頁啊，而且我不會再繼續看。我只能說這本我不熟，無論是不是懶得去熟，我也只能說不熟，不好說，說了就錯很可能，只是錯了也該說。球場上錯的戰術執行到底也就對了。也不是說這本書不值得寫，它要講的東西是很有反省意義的，可有必要來個三百頁嗎？一頁不就完了，當作一個寓言來寫得了，寓言最多也三、五頁，寓言寫這麼長，那把自己『寓』罷不能，把大家也寓到宅了。我說那個女生本質上和《蒼蠅王》的人物角色們一樣，只是我的疑惑。當然她遠遠超越他們，不但絕不會比他們討人厭，也不會像作者討人厭。她也不過是做個小愛，又有什麼大不了。公共場所的活春宮被看到、或跟好朋友的男友做愛，這一點也不構成一個女孩失去純潔度的理由。甚至她必須這麼做才能純潔起來。」

這就離譜了，我覺得好像文字遊戲，說反話遊戲。我說：「老哥，這樣叫純潔的話，那叫不搞劈腿的人情何以堪？我想那個女的絕對不能被嘉許是純潔，真要美化她的話，她至多只是想表現叛逆，而這種叛逆卻可能只是無知。」

「如果一個人不上別人老公老婆或男友女友，是出於他就是不想這麼做，而不是不敢，那麼他是純潔的。如果他想

但不敢，也是純潔，奮鬥出的純潔。叛逆只是我們表面上看到的，地表下定有神祕不可解的地層。我想這世界上每個人都是山西人——表裡山河。」

「婊子的婊嗎？」我亂接。

「也成立。賢弟說得好。」他接下去：「我們連地層的切面都看不到，看到了也還是傻眼，說不出個所以然。她奮勇踏到一條抽象的界線又是一條那麼具體實物的鋼索線上，勇氣就像新疆的走鋼索大師賽買提那麼浩然，她選擇跳下山谷，更是氣壯山河。比較有高度的解釋，她的越界行動只是為了接近道德最初被發明前、後的原貌，好比想回到清末民初去接近革命，如此才能論斷道德是一個什麼樣的……物質，看到它為什麼產生、發生、發明、創造、被創造、演化或退化，如此才比較能講道德對或不對、適宜與否，因而她上死黨的男友、當公共場所做愛的暴露狂、或假使她有一個人赤裸在社區散步的習慣、或假使她還搞過三Ｐ六Ｐ，這都該讓我們謙虛去探索真理那樣的去探索。至於比較粗淺的解釋，則是她孤獨、自憐，一直以來就欠缺自信，儘管她長得不差。想尋找、掌握什麼而不可得，這時候性的越界變成最方便的觸媒。當她不知道怎麼講出來、怎麼分解稀釋煩憂，同時不知道下一步該怎麼辦，她顯得退縮而壓抑，性的逾矩

卻可以讓她暫時拋脫沉重。她只是因為『不知道』才去做，她如果『知道』就沒必要一定去做，甚至做都不想做。不是她不想做心靈的越界，而是這太艱鉅，嘗試之後很挫折，只好轉求於性，因此她的性放縱還是心靈層面的，性解放的執行只是尋找心靈岸頭的可能。畢竟，嘗試性冒險，是基於想嘗試新鮮事物的念頭，或真的是身體想去嘗試，兩者不同。當然也可能兩者都是一回事。靈與肉、心靈與感官密不可分，硬去區分很做作。感官的優越性，在於心靈上我們常不知我們要的究竟是什麼，但感官上卻很清楚，知道這樣做很爽，就像一個淑女可能也同意，同時被三個男人一起摸很舒服，感覺像跟千手觀音做愛，搞不好越做越有心向佛。」

「這樣是非會混淆。」沒錯，我覺這很容易找到破綻，所以他剛才後面講的一狗串我更不苟同。「如果忠於自己身體或內心真實的聲音而能以行動力展現，叫作純潔……，如果我過得不好，甚至我過得蠻好，但接受某種本能的召喚而去亂做，叫作純潔，那麼陳進興強姦幾十個女子最為純潔、最為率真吧。」

「陳進興是強迫啊，他並沒禮貌的問：請問我可以和你做愛嗎？」老哥做出摘下紳士帽的動作說話。「道德不應該是種強迫的規範，至多只能是種規勸。如果道德是一種強迫

的規範，也就是鐫刻成石板上的律法，那麼用這塊石板打你和強迫做愛——也就是強姦——有什麼不同？都是強迫啊。兩者不都邪惡了，只是邪惡的方式不同，一群人強姦一個人和一個人強姦一群人都不好吧。道德只該是一種冷靜的動作，譬如提醒你去跟別人老婆或老公做愛可能會造成別人不快，所以你在路口前會停下來想一想，佛洛斯特不是說眼前有兩條路嗎，他選擇人煙罕至的那條他覺得蠻好的啊。這個當口上，如果你覺得你的快樂比別人的快樂重要，那麼就不會選擇犧牲私利，而是犧牲別人，成就自己。或者你更耐心點，想出兩全其美的方法。」

「什麼方法？」

「不要給元配知道啊。」

「只有這種唷。」

「談判、協商、好好坐下來談、釘國枝，或其他。」老哥踆呼呼的說。他以為他破解了什麼宇宙習題，我覺得有點可笑啦，而且是廢話，但反正他歪理很多，我暫時可以用創意的角度來欣賞。他做出結論式的語氣：「陳進興並沒有這種停下來深呼吸的理智過程，並沒有這種感同身受的過程。他不尊重女人，也不尊重那個女人的親人，也不尊重我們這些旁觀的老百姓。應該說，他對人、人類、生物、萬物都欠

缺尊重。」

「是沒錯。但老哥你對人、人類、生物、萬物也不尊重啊，你公然在網路上的足球論壇搞破壞。又辱罵諾貝爾文學獎得主，儘管是在私下。」

「但問題是，《蒼蠅王》的作者威廉・高定如果出現我面前，我會比較客氣的。這跟虛偽客套無關，甚至我們搞不好聊得超開懷。不下十年了，自詡清新甚或清流的青年男女老愛穿allstar（布鞋），這種風潮反而帶給人莫名其妙的恐慌。可是當一個討我一見如故、一見鍾情的男孩女孩出現在我眼前時，當下我滿心誠意的告訴對方『我喜歡你穿上allstar的樣子』或『我喜歡allstar被你穿上』。對方不必多獨特呦，這樣討人好喜歡的男生女生蠻多的。重點是有見面和沒見面是有差的，沒見面的時候我們憤世，見面的當下我們愛俗。『思想』在這兩者之間是浮動的。錯，在我身上不是浮動，不是充滿機心的善變。思想就像水的三態變化，水究竟是水，只是呈現的意念與形象不同。一切都只是個意象，約翰・藍儂唱〈Imagine〉只是用它代替唱佛經。瑪丹娜唱〈Like a virgin〉，你知道『virgin』這個字怎麼來的？它其實就是『佛經』，是老外把『佛經』這個字眼做音譯。」

「冷翻了，」我說：「你他媽有病。」

　　老哥不以為意，額頭抖拉出抬頭紋，便把眉毛降成八字，做出慈祥的神色：「說我破壞網路的網友，如果願意跟我好好面談，我會耐心交換意見，好生導引他，或讓自己被他導引，誰導誰能導就是個好，思想的膀胱需要技術的導尿。當面談，對方會更容易信任我的友善。如果對方是美女我也可以考慮放棄開示。先假裝同意對方，這是釋出友善，更是為對方設身處地去著眼。他無法來演我，我卻可以演他，多好啊這是。喔為什麼觀世音菩薩號稱『千手千眼』，這正是因為他可以扮演別人、化入對方。而菩薩又號稱『廣大靈感』，這個『靈感』其實是一種感觸的能力，他可以讓你感受到他真正的懂你。很多一等一的業務員都有這種非凡的本領，這不是他油裡油氣擅巴結人，而是他貼心地幫你達成指令以及幫你想到你想不到的地方。你知道嗎，蔣中正發動『清黨』，狂殺共產黨員後，蔣經國在蘇聯發表公開信批鬥他父親。過了一陣子周恩來去到蘇聯，他對蔣經國講，經國，無論如何，不要忘記他是你的父親。父子之情，不要太暴性，這是周恩來的意思，一來於人倫上犯邪門，二來於你的未來有不可測的障礙，得看遠一點。在這裡，道德與功利不是分開看的，只是分開來說。一個人之所以有高度，那是在於他有德，從而利也自便而來。如果他先著眼的是利害關

係，回過頭來他也會去思索此事之所以不利於己，是否是因為自己失格。一個人如果表現出高度的思省能力，那是因為他可以對自己坦誠。『胸襟』這個詞彙怎麼解釋？胸襟是來自於面對自我以坦誠。誰說我和親愛的威廉、和網友相見就不會在一種美麥的氣氛下友好？」這個「美麥」是台語「不錯」、「不歹」的音譯。「搞不好一方或雙方馬上就卸下武裝、丟開面子，雙方打成一片欲罷不能還續攤。說到底，真正想去窮究事理的人，總是少的。他們之所以固執，那只是因為他們太容易一念之間就改變自己。我不相信對方會為自己擇笨固執的偏愚感到心安和快樂，越亢奮總是越空虛。菩薩之所以有煽動力，那是因為他不以煽動來著眼。」

8 南國再見，南國

　　將軍之女事件，我這樣想，或許在某某憤世嫉俗的養成脈絡上，占有一個極其重要（絕對性？）的位置。但某某八成不同意這種說法。

　　千禧年後網路更是橫行，猥瑣的某某打了幾場遭遇戰，包括和網友的形而下互動（交配），更猥瑣的是和幾名網友的形而上交流（電交）。老哥感嘆說，吃不到的最好吃，得不到的最美。那個高雄縣彌陀鄉的高二小妹讓他至今念念不忘。她對男友無比專情，老神經質男友不愛她。別小看她的青春年紀，在網路上她喜歡幫女生解答感情問題，頭頭是道。不見得有人求助她，反正網路上的公開文章，她看到誰需要解惑就會跳進去po一串串精闢的看法，對方不知道自己其實大上她好幾歲呢。而若男網友想糾纏她，對男友的堅貞使她一概回絕，也不留電話給他們添亂。某某聽了倒也不覺這是喊口號、立規矩，他知道大體而言她是不隨便的。超

過「大體而言」的空子不必追問或深究，她彎靠譜，他也上道。對她而言，之所以和某某特別要好，那是因為某某講話頗能知心，話中投契，只同她作推心置腹的好朋友，非但沒搞亂她和男友之間，並且當她說她男友有多好，某某總欣然呼應，跟著報好。她陶醉嚷說我怎麼這麼愛他啊，好想嫁給他唷，某某說你們好配唷，真希望你們鴛鴦浴生個好寶貝，維士比，福氣啦。

某某點擊她的照片，一個字，正。聊了電話（應該說聊手機），其中有次摳上了。之中她柔聲說她和男友（在床上）都很放得開，他引導說你要跪下幫我吹嗎，她說要。弄一弄兩個到點了，他突然覺得自己可笑，弄得黏呼呼真噁笨，羞慚說：「我是在幹嘛……」就猛然切掉電話，藉此半真半假表現出對她這樣騷擾的反省。沒幾秒她打來生氣說你怎麼可以這樣就掛掉。某某才知道自己真不懂女生，又學到了！……隔一晚又摳揉一回合。他對她充滿遐想，截至目前對自己的表現頗能滿意，黯知沒顯猴急，方得攻破心房和花房（雖然還不是實體）。而她目前只有兩次表現不佳，但時間也各只有一秒，即她有次國語沒捲舌音發成捲舌，使他分了心。即另一次國語捲舌音發成更加捲舌，使他回了神。

當時她說：「那我告訴你，我溼了。」也就是ㄕ這個音瞬間捲了兩捲恍惚大舌頭那樣。

高中妹曾談心關於性經驗。這些不愉快的事讓她想跟他傾訴。第一次是國中，去大她一屆的國中學長家玩。男的剛好家裡沒人，威脅做愛，否則不放她回家。她很恐懼，哭了，被上。之後雙方沒交往。第二人是高一時，高二學長帶她去MTV，很不想跟他做，「但他舔我的死穴」，即耳後和耳渦子部位，只好就範。某某心想難怪梵谷很恐懼耳朵。兩人交往兩週分手。第三位是她發現她所深愛的這位現任男友，他在讀科技大學，一兩年後畢業將入伍。

某某沒時間下南部，工作走不開。他看了日子（不是農民曆），三個月後有空，相約九月南部約會。不過才入七月，連日來她情緒波動厲害，兩度電話中難以呼吸的噎道：「我受不了了！我好焦慮！我覺得他不愛我了！你趕快來嘛！」某某問男友和你之間生變？她說也沒。某某問他劈腿？她說沒。還是有別的女生糾纏他？也沒有，只是他這麼有魅力，我好怕他不愛我了。那是天氣太熱嗎？也不是。少女的她好像天生缺乏安全感，男友算蠻疼她，也沒要過行蹤

不明，但只要男友不在身邊，她即陷入莫名恐懼和焦苦中。她無法負擔自己的能量。第一通救命電話掛下後，某某心想，我把你的問題po上網，讓你自己回答算了。次日少女二度來電告急，仍呼喚著你怎麼還不來，鼙鼓隆隆，某某心知此一公案已無法端賴電話開示。

要命的是，某某斟酌自己年過三十有點發福，正想試著減肥幾個月，這下計劃全打亂。承受不住小娘子的央求，應允提早赴約。某某對自己的外形沒啥自信，照片還行，但本人就自慚形肥。他跟少女說過他有點小肥胖，她說不在意。可說歸說，見了面誰知道，此行讓他忐忑。女方剛入暑假，這天必須返校打掃混混即可閃先，於是時間敲定上午十點左右，至於地點，她說一起出現大高雄縣市萬一被同學看到不好，她約在台南。幹嘛呢？她說最近很想唱歌，唱出幽悶。完了，他什麼歌都不會，只會費玉清的〈中華民國頌〉。唱這個搞笑也是可，但他很放不開，六神無主，動輒得咎。定神一想，有了，他還會唱姜育恆的〈愛我〉和〈跟往事乾杯〉！早年他唱後者時，讀秒收尾的那句他會豪情的唱成：「跟往事幹──安──炮──傲！」可是她尚年幼，興許沒聽過這兩首二十年前、比她還年長的金曲，這會不會太老

派……搞笑不成反不雅……

飛往台南機場途中（彼時高鐵還在加緊趕工），雲裡霧裡閉目假寐，想到將在KTV包廂一對一唱歌，沙發算軟，機會大好，這是小娘子做球給他。飛機著陸，轉搭計程車前往台南火車站，與搭火車從岡山站北上的她會合。見面後處得還行（但好像也只是還行），唱歌方面他只能讓她個人秀，窮吆喝好聽！佐以掌聲帶動。她一直盧他也唱。他只好選了一首勉強算新不至於被笑的，陶喆的〈小鎮姑娘〉。眼花撩亂緊跟螢幕不斷後退的字樣，跟得有夠辛苦，只怕脖子歪了。唱得像數來寶，太敗了幹！

雖然怕氣氛不high也不夠溫度，怕她不喜歡他，他仍決定試試。她演唱時端坐如儀，隔著制服讓他摸了全身上下，惟重點三處不能摸，會閃。幾次想親，抵死不從。他發現女人不要的時候力氣超大，一時竟扳不開她的手，而臉一偏就咫尺天涯，他又沒變色龍的舌頭可以捲到她耳朵。怕更粗魯把她弄受傷了更敗，只好去吃飯。她對台南完全不熟，這有賴於他事前做了功課，探聽出台南車站附近的KTV和好餐廳位於哪。

　　在孔廟對面一家門面狹窄、鑽入後別有洞天的餐廳。入口處是兩幢磚樓中間的一線天，讓人蹦（繃）起鹿港摸乳巷的曖昧。樓子像經由地球板塊的推擠而拔現，那天井則如地震後狹窄的縫隙，窄到一個中型胖子無法鑽入。一旦幸運鑽入，只覺一路是窄徑通幽，循階梯轉上二樓餐廳，乍見花花草草，裡頭寬闊明亮，室內設計雅緻古樸卻不失年輕現代。臨窗口視野極好，古色古香的孔廟及綠地映入視網膜。「你怎麼知道這裡啊。」她興奮的問他。「阿就聽說。誤打誤撞。」這是實話，他還真怕找不到朋友報給他的地點。這樣的一個優勝美地，他們選靠窗處坐下，這一入座就讓情愫滋生。

　　他們桌面上手拉手，或說是他溫柔奪過她的手摩挲著，聊著什麼點點滴滴倒忘了，不外乎是「你好正喔……」、「你好可愛喔……」、「哪有……」、「哪裡可愛……」、「而且性感……」。用餐後他雙手越過桌面的汪洋撫著她的小蘋果臉蛋，那有一種不上胭脂的天然果潤果香。這般四目陶醉。可距她設定的返家時間越來越近了，這樣陶醉下去不是辦法。她說晚回家媽媽一定拷問，下午三點半就得離開。某某感到一股離愁籠罩這此時此地的浪漫。該怎麼隨機應變將她喫個半口摳摳或哈棒，他全無主意，心不似在KTV包

廂那麼亂，卻有朝絕望越發靠近的哀涼。也衰，附餐飲料等了整整一小時還不來，雖然這樣捧三千六百秒臉蛋也不賴，也認命，但說好要來卻不來的東西實在叫人怪彆扭。催了兩次還是不來，別桌的食物卻可以上。終於某某對她表示不等了，兩人到櫃台結帳。櫃台和吧台連一起，兩個年輕女孩裡面瞎攪和著，手忙腳亂好似亂配藥。某某付帳時僅淡淡說了一句：「你們也太慢了。」不料其中一個女孩整個爆發，怒目相向：「已經在做了！)))))」某某當下回她五字經之**轟**天雷大咆哮。雙方互相潑罵一陣後，某某也只好認衰帶妹子步出餐廳。那高中妹幼小的神經顯然受了驚嚇吧。看來她不大認同這種生氣很man。某某這頓氣氣到身子骨抖顫，見她也在抖，隨口安撫她兩句。她惴慄不安說幹嘛跟那人計較。只見她嚇到制服瞬間縮水，嬌軀更為緊實，然某某聽到「計較」二字更沮喪，卻忘了趕緊將她扭過來吸吻一大口。

　　興致全沒了，或許他沒自信上妹而藉著大聲罵人來自毀（但對方實在欠罵沒錯吶），乃因順按照她原訂的時間結束約會。送她通過小鐵柵門進去月台，說了再見。幹，就這樣敗興而返。高速公路巴士車上，回台北的路好長、好長、好長……

　　此後她不大跟他聯繫，常關機或不接。一年後才又熱絡起來，但他懶得下去了，缺乏衝勁，顧慮不幸吃不到，風塵僕僕跑一趟又笨一趟。有次他們又摳上一炮嗯嗯啊啊的熱線，她柔聲叫床兼叫陣說那你來啊。那幾天也視訊脫給他看，做人算蠻誠懇的。並且談到去年，他問她是不是他摸拐女生的技巧很差。他說他以為可以的。女孩說，本來也想，「但你嘴菸味太重，我無法接受」。他想有可能吧，也可能是給他台階下，忒體貼。過後，就在他醞釀再次動身，開始思考自己該穿什麼下去的某一天，她談到昨晚與網友發生一夜情。六星級飯店的音樂和一切氣氛的總浪漫，喝了紅酒，醺醉間全然無法走穩，唯恐回家路上不安全，對方扶她回房（是的男方已把房間先訂好，說自己今晚本就打算獨自睡這），她不諱言覺得很美，便做了。他聽了惱火。某某真是小氣鬼啊。電話中他講了一些惡毒的批評，什麼這種把妹技倆超庸俗超嗯爛、你就這樣隨隨便便啥的。此後某某與她的關係曲線呈自由落體下墜，只偶爾有一搭沒一搭MSN幾句。嗯，很偶爾。

　　女孩後來進入台灣某野雞大學，成了濃妝豔抹的夜店咖。點開她的相簿，不變的是一七一公分、四十七公斤的身

形，只是整個人從頭妖到尾。某某猶記當年脂粉未施，巴掌
大小的天鵝蛋臉……在通往西天取經的路上，這種妖精讓
悟空老哥憤怒，著實想用他的金箍肉棒一棒打去……沒辦
法，肉棒給箍住了。

　　「如果當時我收了她，」老哥感觸道：「她也不會是今
天這個三天兩頭只想鑽夜店、搭跑車的女孩了。」
　　我說：「你這不泡夜店的宅老頭，又何能收她當你的入
室妹子。」
　　「這麼說來她對我很禮遇了。」
　　「誰叫你沒吃到。」我會不會太直。
　　老哥閉起雙眼良久，眉頭糾結著辛苦。

　　老哥這人，愛把他失敗的故事鉅細靡遺講很久給我聽。
我們笑死了。他說一起笑讓他笑開心也開了。成功的故事就
僅三言兩語帶過。他說大概成功的故事大多沒啥滋味吧，阿
就上了，完了。而失敗的故事總饒富價值，向來悲劇是戲劇
中比較持久的吧。高中小妹和將軍之女，也就兩齣悲劇，按
照莎翁的操作，凡悲劇必有四，還有兩齣沒錯。誠所謂老哥
的《電愛四大悲劇》。

9 田鼠女孩

　　過年前後的氣溫總低，這是適合把一杯可樂放進微波爐加熱旋轉的季節吧。

　　一個聲音清脆的女孩，網路認識後，他倆電話、MSN天天夜夜。她大二，沒具體談過戀愛。說有個男孩老想追她，她從未對他感興趣，他一頭熱，以極大的苦情和多情，用那認真的口吻對她說：「不要等我。」某某聽了大笑，那女孩也笑得前仰後合。這個笑點就讓他倆快樂到天天想講話了。她傳了許多自己的照片給他。實在是清麗俏皮的臉孔。她的笑容，那像馬戲團小丑誇張上揚的嘴角。倒不是嘴多闊，而是一種痛快的天真。至於東方女生的嬌羞可也沒少。她愛狗，給他看自家那隻黃金獵犬的照片。照片中的狗是全身照，趴地上，由上往下俯攝，狗臉不明顯，只露出狗兒的尖嘴，他說看起來像田鼠，她笑到岔氣。……反正他倆覺

得好笑吧我想。她還怕鬼。有次他大半夜說起鬼故事，她說不要聽，他笑著非要往下說，惹得她嚎啕大哭起來。某某一窮二白，覺手機這樣打下去不是辦法，可兩個人都掉進去了。她以一種慷慨溫熱的笑音照會他，不要擔心啦，我會幫你出一半。她表示不瞞他說，家境不錯，住「信義之星」。某某問那是什麼。她詫異他不知道。經她說明，方知這是張惠妹所住的信義區一片豪宅。她沒嘲笑他，她認識太多有錢子弟，反覺得他不懂世俗也好。他也不覺這有必要被嘲笑，但欣賞她的平易親民。

一週後過年了，她回新竹市另一個家過，依然熱線。兩人說好，等她回台北見面。年初幾忘了，半夜（小孩放的鞭炮聲暫時停了）他講到自己的一些奇情往事，講著講著竟把她惹溼了。他這人也無聊，鳥性不改，引她自揉。她沒嘗試過任何種的性體驗，或許好奇，或許喜歡他，或許是睡意朦朧造就出的化境逼真，幻夢間咿咿呀呀。隔天晚上他去朋友家打麻將，等牌咖來的空檔，她打電話來，說不見面了。他急作安撫，跑去廁所（為了專心聆聽和擺脫旁人耳目）講了許久，後來電話掛了，牌桌上對三個男性友人說起此事，大家大笑說：「害羞個屁股啦，叫出來摳啦！」、「最好是摳

屎搣不到牌！想進中洞沒這麼容易的！」這場雀戰還是小贏兩百，驚險的咧。

　　定是女兒家做了唐突事，心情忐忑難堪，從而切斷約會。如此清流女子，叫某某好不疼惜。他們仍熱線不斷，快樂聊天。但見面一案，她請他給她時間，坦言自己還沒準備好，會怕。回台北的幾日後終於她說可以見了，約在晚上八點，吃完晚飯卻又臨陣反悔。理由仍然是沒準備好，怕。某某「愛等人」的老症頭又犯了，決定展現氣勢，說不管，他要等到她，至少至多等一個小時也沒差。便衝去原先相約的地點，就在信義威秀的Starbucks，那兒離信義之星很近。他點杯熱可可，等了許久，也發了簡訊，表示你不來沒關係，吾人向覺男生等女生本就不必也不該指望對方一定來，我在這裡看本書不礙事。心意如此，這也是某某的一片情懷了，這叫俠情。傅達仁說得好：「意思到了！」某某猶記瓊斯盃籃球賽小時候正夯，場上每有靈活傳球和走位，空檔！跳投！皮球擦框而出，主播傅達仁總精神地來這麼一句。

　　那天晚上天氣實在夠冷，台灣，還是整個地球越來越冷熱離奇？看來溫室效應造成的冷熱反差，也變遷著時代人心的詭異吧幹。某某倒是蠻穩的，啐，反正大俠我傻癡癡等人

的經驗不是沒有過。他心想，她現身的機率是極低的吧。幸好時間是會往下走的，雖然他頗後悔忘了身上帶本《時間簡史》。

回家後，她敲他MSN，說時間點上，他一走，她就牽著田鼠過去偷看他在不在。

接著他們又聊了好多天下去。某某決定耐心等候她勇敢接受友誼，只因要這等淑女踏出友誼或感情的第一步畢竟是難的。可拜了天公，年都過完了，某某實在忍不住，在她沒應允的情況下，再次強行跑到信義威秀的某個露天咖啡座等她出現。那是個寒流天的下午，露天風大冷個半死，佳麗仍未現身。某某點菸間遭罡風不斷吹滅才得成功，不由得心下蒼涼：「俠尼老木！……想不到我傅達仁落到這步過氣的田地。」

往後某某兩度委婉問她，照片是不是假的。她笑說什麼年代了還有人傳假照片。某某以冰冷的理性說：「就是假的。」她著實生氣他這樣不體貼。某某陪笑後正經著講：「就算是假的，我們還是可以當朋友，依然快樂講話，因為

跟你聊天真棒。頂多電話會冷卻，不過網路上我還是會跟你聊。」她嬌嗔：「你又知道我想跟你聊唷，哼。」電話費累積悄悄，他們卻夜夜電交。她高潮的聲勢壯麗，崩潰間嘶喊「來了」，儼然已成雙方所熱衷的魔音。偶爾他又擔憂起經費問題，她義氣表示定會撥款，毋庸掛心。某某為她準備了一本專屬的筆記本，詳細記錄，註明日期和內容，發現除了頭一次，後來曾經一連十天之內她揉了九個晚上。起初他也一起手淫，後來改為「工商服務」，自己不摸弄自己了，只呢喃絮語供給她。他享受羞浪又銷魂的顫抖音頻。每晚她並不會說：「人家今天想要。」但他曉得她想。他會說：「想揉豆豆嗎？」或：「想揉揉（ㄖㄡˇㄖㄡˊ）嗎？」

詞典：「揉豆」、「揉豆豆」、「揉小豆豆」、「潤一下小豆豆」是老哥自詡的發明說法，樂成個什麼勁兒。

　　陷於苦惱的某某直到有天靈心一動，把她曾報出的姓名、學校、系級輸入google，卻發現「異狀」。倒不是某某交代得含混，細節我忘了，反正發現對不起來。不多久

恰巧她打電話給他，某某接起，當他說到：「我剛剛查了 google，你的……」話還沒具體講兩句，她便發出一聲驚蟄哭喪的呻吟，電話猛然切斷。他轉去電腦桌，MSN傳來她的訊息：「我不想講　就這樣」他回：「如果不是你　我們還是可以快樂聊天　我喜歡你這個朋友！相信我　我沒那麼俗」她說：「打擾了　就這樣吧」旋而離線。他作思一陣，當晚發手機簡訊過去，內容說明天下午幾點，我會去哪邊，等你最後一次。

　　隔天他悲壯的來到促約地點。神奇的事發生。當他抽第幾枝菸的時候，手機發出聲音，顯示著一個區域號碼新竹的市內電話。她未曾告訴他任何家裡的電話，但直覺上新竹極可能代表她。嗯，一接起就是她的哭聲。她說剛剛走在路上，她那昂貴的名牌包包被歹徒搶走，證件、錢啊、手機什麼的都在裡面。她受了歹徒極大驚嚇。他暗思真的嗎？但仍當下安撫她，問她人平安嗎、是否報警（也是想套她）。她說她人沒事，有報警，現在在家裡了。她說你在新竹嗎？她說對。他義烈表示：「我去看你！現在。」是啊，這是關心的表現（順便看搶案是不是真的、人是不是假的）。她掛電前說你不要來！他說我現在趕火車去。前往途中，思緒漸

層明朗，原來你人不在台北，那我等你的這次根本也白搭。可，如果照片中人真的是你，既然你有難，我遠道而來的關懷行動會使你欣然現身的。

　　夜晚八點到了新竹火車站，某某按照那個新竹號碼撥去。一位老太太接的。對方表示他要找的人剛走，回新竹另一個家了。某某趁機套問，她被搶了是嗎、有報警嗎云云。老太太的回答顯示確有此案！某某客氣問老太太身分，對方說是她外婆。某某問了另一個家的電話號碼，言謝掛掉。改打過去，沒人接。等了兩段時間，再打兩次，有人接了。接的人叫她來聽。她嚇一跳：「我不是叫你不要來！」她推託再三，說她住處離火車站很遠，他說我坐計程車過去，你跟家人假稱出來便利商店買東西，會面五分鐘看你平安就好。還是不依。他表示那麼我在火車站附近誠品書局前面的小河邊等你。

　　如此這般，她人終於出現……………才怪。

　　如今，他想她定不是「她」。往後接連兩天她消失於MSN，門號也因手機被搶而申請註銷，打過去撥不通。他

寫email，信中重申莫有羞恥的想法，還是可以作朋友，關於自己受騙一事真的沒關係，但我打給你的時數遠多過你打給我，門號帳單兩個月來高達四萬多（是的，他們講了太久，聶魯達說「愛情太短，遺忘太長」，但帳單落落長很難遺忘），你主動說過要幫我出一半，我最近比較沒錢，看怎樣你把錢匯給我。兩天後沒動靜，討債鬼只好再寫一封，表示我知道你家電話，若不給一半電話費，或至少支援一萬，我必須告訴你的家人你是會在網路上騙人的人。此信送出不到一分鐘，她瞬間浮上MSN。雙方溝通不良，他請她打電話過來。於是她用無來電顯示打來，她忿然委屈說：「為了錢就是了！」某某表示何必這樣說，無論見不見、無論你是誰，我還蠻珍惜我們之間的開心，你讓我瞭解到女生的可愛。她說：「哪裡可愛？」他說：「會聽我講田鼠就笑、會聽我講鬼故事就哭，這就是可愛。」她無心戀棧，請求千萬不要跟她家人告狀，我先找打工機會，做到暑假賺存夠錢會給你，目前沒辦法，我也沒錢。他告訴她那麼你MSN不要消失，盯這錢是一回事，重點是我很重視你這個朋友。她軟弱低聲回答：「……當初只是一個不小心的開頭。」某某說：「我覺得這種欺騙不算欺騙。如果你有喜歡我，我不會用欺騙來看。類似的經驗我遇過，我沒怪怨

對方，……嗯我有怨怪，我不夠包容和豁達，讓對方消失了，我覺得遺憾。無論對方是真的、是假的，即使她對我有喜歡，都可能選擇不見或消失，因為她有她所以為女性的女性本身……我是在說什麼。……總之我只能大概瞭解女人心情的輪廓，我無法作為女人去體會。那只是從上空看下去的海岸線，我知道這個美，但我發現它是個島的的掌紋還是指紋……我在說什麼幹。或許對方身體殘障也可能，我來不及跟對方講如果是，我也喜歡你。或許對方真的是如她所說的情治頭子的女兒也可能，任何可能都可能，我能做的只有暫停一切可能，作你，我現在是說你，作你的朋友。相信友誼。」

待他說完，她重複那句話：「一切只是一個不小心的開頭。我現在沒錢給你。」他說：「今天如果是你需要幫助，你問我可不可以匯款給你，或我主動說我匯款給你而且你不用還，結果匯款之後我發現照片不是你本人，那麼我都沒資格跟你說錢還我，因為幫助一個人不能用一個人的外表來衡量我該不該幫助。會跟女生討這種錢的人，只證明他被騙錢是更加活該。就算你不需要幫助，存心詐騙我錢，也沒喜歡過我這個人，我也認了，我仍該去反思把美麗當作幫助的前提是不道德的。反觀對方用欺騙的行為來啟示出我的不道

德，那麼對方並未不道德。甚至可以說對方是犧牲自己的道德來點出我的不道德，這種名譽上的犧牲值得我再匯款一次來補償她名譽上的損失哩。就好比你今天曉課或謊稱病假，但你去看了一場好電影或做了有意義的事，老師如果因此生氣要懲罰你，那麼那個老師就很不道德、很小氣，其實他應該表揚你才對。但我們的狀況相反，說要給對方錢的是你，不是我。你今天長任何樣子，照片是不是假的，說好了要支援我錢，你都該給，我也都會跟你討。你喜不喜歡我、我喜不喜歡你，那都另當別論，講好了分擔就該給，何況你還跟我講了不下一次要支援我。或許講『該』是不對的，人與人沒啥該不該的義務，也不是不能有後悔的權利和想法，但不表示人可以隨隨便便。」

某某似乎不知道她沒興趣聽他搬大道理，只因理虧或擔心他告狀才不好打岔由他說。「當然，我也不是這麼硬頭殼的人，錢來錢去，那又何必。今天就算你沒喜歡我，或說你喜歡過但以後不想喜歡了，我方不也曾開心一場，哪怕是自己窮開心，也是開心。想到這個心就寬了我何苦跟你要這一小筆錢。可說小，它也不小，對我來說是一條大錢，而且我用市內電話打你的手機也有一萬塊上下，不算在那四萬多裡。重點是這筆錢我原本打算用在今年夏天去比利時探望以

前在台灣教過我們的大學老師，你不補上，我計劃全打亂。
不瞞你說，就別談夏天了，眼下我就過不下去，生活費、手
機費全擠不出來，現在是告急了，我朋友又少，我跟誰借
去。就算可以借到，人能不借錢是最好，給人添麻煩又欠下
人情。你現在才說你拮据，我這邊也落拓，難不成我們一起
去信義之星搬磚。我沒事一個大男人逼小女生對我負責是何
苦，我臉也掛不上啊，可我這裡已經給你打折了，至少一
萬塊也意思意思不是嗎？」她顯得浮躁：「總之你是在威脅
我就是了。」某某說：「但願我是在威脅。那還痛快點。」
她說：「你已經在威脅了。」某某說：「我是在和你交換看
法。要說是套交情，也是。我們是有交情的，不單是那種
『交』，不是嗎？我體諒你，你也體諒我。大陸劇《大宅門》
的主角白景琦講『錢是王八蛋』，我看我也是王八蛋，你給
我一點王八蛋唄我說。」她聽不下去，一路只感到窘吧，突
然氣急敗壞起來：「你二十八歲了難道四萬塊也沒嗎！」

　　「你二十八？」我問老哥。是啊，他大我剛好十歲，分
明三十六，事發這年高齡三十五。

　　「沒錯，我也騙了她。」老哥坐在綠貓石壘上剎出他的
腿，像膝蓋被小榔頭敲出一記抽搐。「一開始我就講我二

八。我沒必要這樣，但就這樣講出了口，也就只好一直二八下去。她乍聽還笑我是二八年華嗎？我說你也太冷了。」

「沒必要騙啦，三十五又怎樣。」

「哎，我也沒這樣過。大概看她照片太好看，怕年輕女生不接受我吧。我心想等我們見面了你發現我看起來並不顯老，而且重點是既然已經喜歡上，上了賊船自然會『忍痛』認命。」老哥說。「我可以體會她說的『不小心的開頭』。承認照片作假是很難啟齒的事，尤其當她開始在乎……我。」

「她錢給你沒？」

「給個屁。」老哥說。「不了了之。那通電話後她MSN永遠顯示離線。我也沒再寫信去，打去她家也只有在新竹那次。」

「或許你沒指望這個。只是想要她親口證明自己欺騙你，好讓你親口譴責她，好讓你做個了斷吧。」

「錯，我真的很需要錢，那幾個月我沒吃飽過，形同節食。我一直希望我瘦下來是沒錯，但過程也不必這麼崎嶇吧。」老哥往下說：「只是我也扯了謊，雖然我這謊比她的小，畢竟也是謊，沒理打去跟她家人講話。而且把她家人扯進來又何必，父債子還、子債父還，這種觀念怪怪的。」

「你不必跟她家人講你幾歲不就好了。」

「算了，我會心虛。搞不好有人認為虛報年齡比不實照片更嚴重。口爆和顏射這兩種技術犯規哪一種比較可議？『興票案』是宋楚瑜還是李登輝該對歷史負責？」

「後來呢，你沒證實她到底長什麼樣子嗎？」

「我想，不必了。」

「是我，我會。」我說：「可以想辦法從電話查出住址，去她家叫她出來。至少我要看一看騙我的人長什麼樣子，醜我也要看多醜。」

「我只認為，她不相信我把欺騙看得不在意，這我遺憾。我不覺這種欺騙違反了多麼了不起的人間道德，至多是違反……運動精神。」

老哥撥玩打火機的小轉輪間，藍火虛晃，略起天搖地動，一班捷運列車駛過，像不像飛機、像不像火車、像不像陀螺嗡嗡轉、像不像白板筆寫白板的四不像聲音經過。這就是城市（信義之星）的呼聲唄。喔不，這是城市隙縫的聲音，是信義之星（愛情之星）一塊磚面上的紋路或隙縫。那是光的縫隙，還是黑洞所在。

「後來我做起網拍湊點生活費，把我的一些家當湊合賣了，另外跟我有個兄弟，好一陣子沒聯絡，硬著頭皮去到他

家借錢。他很阿莎力，兄弟的事就是自己的事，二話不說給我兩萬。既然叫他是自己人，我講了跟這女孩的來龍去脈，他聽了拍桌子超級巨怒：『是我我無論如何一定要把她叫出來！要把她硬上！醜也要上！幹！』」

「這……樣是強姦耶。」我說。

「不，這不算強姦。她都可以弱姦我十天，我為什麼不能強姦她一回。」老哥尋香菸說話。「只是這不是我的……嗯……風格。」老哥沉吟著，斟酌找到「風格」這個字眼來接近他想訴說的什麼。

「將軍之女的事發生在冬天。因為田鼠女孩這件事，我更害怕冬天。所以我可以體會你講你女友在冬天時甩了你的心情，或她的心情。事實上你比她還怕冷唄我說。幹伊三妹仔冬天本身也怕冬天。」老哥的語調悠悠淡淡（或說悠悠慘淡）。「不過，有這種經驗我覺得很屌。我一直覺得失敗的經驗比成功的故事更具有思想縱深，更具有品味價值。而且，人會誇大成功的故事，男人說自己多行的那些故事，總使成功的故事聽頭一句就假。」

聽到這裡，天空真該落雨洗過。我忽然想到消防員是愛水還是愛火呢？菸頭反指彈在地上，勁道利落。眼前人來人

往，一張張臉孔陌生。一雙雙鞋子匆匆。只是，天沒下雨也匆匆。其實不作朋友也沒差，討債鬼老哥神氣的說他跟哪個女人聊不起來，沒什麼遺憾度可言，不夠條件當作一個故事來值得遺憾。他說，我只是覺得她沒必要這樣就消失，所以我對她講的一半是真心話，一半是場面話，可那是我當下該講的話。一個真實的人即便講的是場面話也有個基本的真誠的能見度在。雖然真誠兩個字應該讓別人來講你才恰當，講自己真誠是肉麻當有趣的。「我只希望她把我的有趣當肉麻。」嗯，老哥遙贈田鼠女孩的這句，說是從一個女同志，暱稱阿蒙的網站上看到的。他說女同志比較會把妹，當婆真好。

10　過場

　　事實上，故事講到這裡，蠻有無力感的。這無力感是說「我」，也就是小說的第一人稱主述者。儘管他記得老哥所說過的《四大悲劇》（嗯，目前還差一齣），但這些案例所總結出了什麼最高指導準則，他找不出。也所以他對自己當下的困境無法找到突破點（也就是他所認識的「摳我」女孩給他惹添的煩惱那些），可他不知該往哪求救，只好又來北投站會老哥。事實上，作者也產生了困境，這使作者對寫完這篇小說有種無力感。作者當初之所以寫這本鳥書，是因為他想對自己做切割，順便對社會、對歷史負責，對後生、下一代負責。切割什麼？只因過去疑似渾渾噩噩的荒謬，他不願多做停留，簡單說，作者本身很可能有類似的愚蠢或多情的經驗，那些歡樂、閃摔、出糗的經驗，他不想再那樣生活和接觸，正事不幹何苦？把自己卑微到活得很小幹嘛？寫出來，就是一種自我切割與重生。負責什麼？他擔憂台灣的

色情風氣是一種不良的陰暗祕密氣息，而不是一種優良的明亮坦蕩氣韻。他怕天真無知的少女被帶壞，而父母卻不曉得（啊啊，我不反對電交啦，就像我不會反對導盲犬對人類導盲。只是這種事也沒需要什麼贊成的吧，有必要站出來揭櫫一個口號來鼓吹嗎。好像我對台獨也是這樣的看法呦）。他對男孩們沉淪於色情的噁心巴拉，老想搞一些低級的電交、網交，或無所不在的偷偷意淫女生，感到憂心（好比很多男孩從A片學習性技巧，但卻沒人教他們如何擁抱；而很多女孩也服從於男方的那種A片引導，誤認那樣才叫做愛，更嚴重的是誤認不那樣就不是做愛。視力良好的人反而需要導盲。我們不反對獨或統，就像對A片也沒必要有什麼反對。我們訴諸的是誠盼男孩們能對女人惜玉憐香，得以適度或精準地care到女孩的內心世界。我故意在「我」後面加上一個「們」，把你們拖進來手拉手，這樣你們也不好反對）。作者以過來人的……嗯……角度吧，希望告訴大家很多看似不正常的事也沒啥大不了，那只是因為幾千年來性是個禁忌，所以我們會說那是下流的、危險的、敗德的、髒污的。然而我還是覺得它（各種亂七八糟的性現象）有骯髒的疑慮。或許這麼說，當任何一件事情被看得多麼重要的時候，它就可能骯髒了。那麼你問，路見不平，幫助一個被虐的人

或動物，為他付出行動，認為這是一件多麼重要的事，這骯髒嗎？這個就不算，因為是虐待他們的那些人先認為虐待是一件多麼重要的事，這時候的行俠仗義只是一種反制罷了，何況我們並未用他施虐的手法還以加諸於他身上嘿。聖‧修伯里的《小王子》，有一段狐狸這麼說：「你為你的玫瑰花所花費的時間，使你的玫瑰花變得那麼重要。」話雖如此，但我發現大多時候的情況是：「你為你的玫瑰花所浪費的時間，使你自己有多麼的不重要。」甚至可以虛懷若谷的平心而論：「你為你的玫瑰花所踏馬的浪費的時間，使你自己有多麼的難八毛不重要。」

　　作者的無力感在於，這本小書寫一半就不想寫了。狗屁倒灶的無聊事件，過了就過了，不必寫完它就可以順利切割了。可，基於某種「完成」的責任或態度，歹戲拖棚也要把竿子撐下去。好比一場球賽，輸贏拚到最後只是拚個運動精神。綜合老記者龔選舞、戰史家黎東方等多人的說法，曾有那麼一段，上個世紀的中日戰爭，台兒莊的序戰，隸屬川軍（四川的軍閥部隊）的么么兩師防衛山東省滕縣，在日軍精良配備、進步戰術的優勢打擊下，川軍打到最後幾近全員戰死，師長王銘章殉職，滕縣縣長大光頭周同跳城樓自盡。其

中川軍有三百多個走不了的傷兵，用刺刀互刺、用手榴彈互炸，全部壯烈犧牲。這只是序戰，台兒莊的正式開打隨後展開，人家序戰都可以這樣死，也難怪西北軍的池峰城師長更要死守台兒莊。死守，講的是「堅持到最後一刻」。那麼，我現在把此書寫完，也就只是個打爛仗的死守。拙作沒法攻堅什麼，只能死守。只是，球場和戰場上的防守，也可以是一種「侵略式防守」，這便是我在做的。

（插：本書完成於二○○九年夏天。二○一一年夏天準備付梓前的一場校稿作業中，作者發現自己有點看不懂自己這章在寫什麼。）

不難懷疑，本部小說中主述者的「我」，和作者恐怕是同一人，還有那個老哥，這些是三合一的存在或一而三的分身。我們也可以說，一篇或甚至一本小說中的每個人物，包括主角配角龍套，甚至出現的貓、狗、雪、樹、鐘聲，都是作者的分身；當然這不是新鮮的說法，只是又這麼體會一次。如果你看過莫泊桑的短篇〈珍珠小姐〉，一定忘不了雪野中那隻汪汪不停的狗，以及故事主角的父親過去撫摸牠，牠不停舔著父親的手，那些鏡頭。記得珍珠小姐是一個很感

傷、很錯過、很克制、很豁達於過日子又悲情於宿命的老小姐。這篇小說最精彩的是主述者（那個「我」）把暗慕珍珠小姐的那個欠缺勇氣的老男人激到痛哭，隨後下樓把這則眼淚的「八卦」對珍珠小姐講，使珍珠一時難以承受而優雅的昏倒，「我」發現闖禍後就一溜煙落跑了。這實在是一個很精采的落跑。在講第四齣電交悲劇以前，作者忐忑中必須聲明，這篇故事的「我」和老哥均同作者無關（線索，老哥三十六歲左右，而作者快四十二歲，嘿嘿），包括我也與作者無關，那種文藝青年常說的「作者已死」或藝術電影的「作者論」，本文作者與我都嗤之以鼻，作者根本沒活過又何來已死？我死不死、讀者死不死重要嗎？從未懂作者論就沒法拍電影嗎？就像孫立人將軍解除軟禁後，記者問他是否希望獲得平反，他勃然怒道：「我從未反，何平之有？」就像台灣白色恐怖時期製造很多冤獄案件，但有的被捕者確實是共產黨；據說多年後台灣當局平反白色恐怖受難者，其中有位前輩說：「我本是共產黨，我光光榮榮是個共產黨，平反個屁？」至於是否領取八百萬補償金，他說：「兩軍交戰，各為其主，我被捕下獄，沒不甘願，這個錢我不拿。」

11　奶音

　　女孩正讀北台灣某大學二年級下學期，學設計，熱愛文藝和搖滾樂，尤愛藝術電影，記得那陣子愛聽台灣的Tizzy Bac樂團。和老哥在網路認識後，連續十天八天耗著，從起床聊到上床，下床後繼續聊到上床。這樣講是誇張了點，人也要吃飯和做其他事，意思就是扣除不在鍵盤前的時間。還有，嗯，上床是指睡眠。不過話說回來，老哥對有關床上的一切話題也沒放過。老哥講話總岔題冒出一些五四三的色情笑點，那女孩的反應，時而這般按出：「……………………」時而跳過裝沒看到，有時則補送一句表示不喜歡這種談話，甚有斥責，老哥嬉皮笑臉帶過。熟悉幾天後，他們用手機聊過兩三次，互讚對方有好聽的聲音。女方說：「我的聲音沒有一個男的能抗拒。」男方說：「我就是靠聲音起家的啦。我的聲音融合兩個人的特質——金城武和阿扁。」雖相談甚歡，老哥對她說手機必須少聊，只要

手機響起就蒙上陰影，這方面務必做到節制。是這樣，手機一旦講有點久，當晚無論作什麼夢，夢境的顏色不外乎是紫色系。那些紫色的長方形千元大鈔，一疊疊東西南北上下六合成的一個偌大長方體，好多國父的體香在睡夢中圍繞著他，似乎國父在睡夢中也夢到了他。聽說國父很色，這是國父在對他性騷擾。不過發簡訊就沒問題，兩人時常掌中觸鍵往返，這要不了幾個錢，女生總愛收發簡訊的，作男人這個小氣不能省。

說來女性總有其特殊癖好，除了搞搞簡訊的小手藝，又比方說到了海邊就勢必要踩水，或拾個小貝殼。男人只要接近水只想到來個「水鴛鴦」，水中炮。

事情的轉折。那天下午老哥獨自在「丹堤咖啡」（一間本土平價咖啡連鎖店），隔壁兩個五十多歲的男人正在聊麻將經（老哥說他注意到平價咖啡座常有中老年男女大聊麻將實戰過程，這使他感覺人生在無意義中還算有點老青春氣息。老哥自詡牌技在一定水平之上，總偷聽這些人的對話，偶爾忍不住插話：「應該打八筒比較對。」）。聽起來兩人是外省口音，其中一人講他不喜歡跟某個咖打牌，「我不喜歡在牌桌上一直講台語的人」。老哥覺得這句也算妙，但沒

作聲（老哥住過南部鄉下，在那邊牌桌上講閩南話蠻正常，甚至南部人打牌把花牌抽掉，砌牌只砌出十七墩，台數算法也不同，由此得見台灣南北可各自獨立成兩國倒沒錯）。重點不是麻將的相關種種，意思只說明老哥記得這一天。喔對了，在此我還是習慣叫老哥作某某，只因打從將軍之女的賜名，「某某」儼然已成滑稽、多情、劣根性的指標人物。

　　某某在咖啡座發出簡訊，內容不外乎打情罵俏、以及聊勝於無我喝了一杯奶泡很棒的卡布奇諾（一種幸福感）。那女孩一貫的回覆迅速，超熱情的啦。雙方來回幾發，樂此不疲。她回訊的效率之快，和鋼琴大師霍洛維茨彈奏莫茲可夫斯基的練習曲那般難分軒輊，隨便亂摸就送出清音，還不落半個音符，沒一個錯字，加掛標點符號表情符號一整套完整。

　　當他再發一封過去，女孩回的內容讓他愕然，這唱的是哪一齣，內容如下：「我剛剛跟我喜歡的人告白了，我好高興，他接受了。」某某尋思，我們剛剛有談到告白不告白嗎？沒哇。幾天以來沒聽她說過有啥喜歡的對象，忙活幾天豈不是白搭一場。而且很機車，這段時日的每一天，但凡某某登入MSN，女孩就立刻敲過來，續而聊個沒完沒了，這

明擺著是她主動糾纏可不是。這種計較誰先敲誰的次序，可以說是MSN一種可笑的心理文化。某某七手八腳按過手機的小鍵盤，發射出：「那你幹嘛騷擾我」。

看來女孩認識某某前，就與一網友勾動著朦朧苗尖，老哥素知男歡女愛不就這麼回事，沒啥事先聲明或報告什麼的義務咩。某某在MSN上敲打：「往好處去解釋　你本來對他人有好感　誰知道遇到大叔我還算迷人　就也和我扯上了」。她回答：「……………」不過，他不免非數落幾句不可，主軸仍是『既然如此何苦騷擾我』，超敗。她敲送：「我和你只是朋友」他回她：「少來一套！」某某的反應似乎把她嚇著。君子有成人之美，某某也不想任性胡罵人下去，好歹也是被人叫老哥和大叔的人呐。某某便說，朋友之間總要顧個分寸，以後雙方講話不要搞曖昧，也不必頻繁，就朋友一般講話的質量。大陸人好愛講「質量」。那女子聽了不悅，但不知該回他什麼，也只好說我知道。

後續兩個禮拜，他們每聊幾句老哥就顯出不耐煩。好比她談起電影《艾蜜莉的異想世界》，老哥說這部片的女主角能靠一己之力做點小小善事很不簡單，她說她沒想到這方面，老哥說你這笨蛋，只看到女主角想談戀愛，因為你天天

就只想談戀愛。還好老哥本來講話就這調調，她不平中尚能諒察忍受著。在那封告白成功的簡訊之前，有次她談到崇拜系上一個搞前衛、裝置藝術的男教授，把那位老師的部落格貼給老哥；點進去，發現教授的自述：「在藝術的子宮中，豬寶寶也有觀點，而我沒有觀點。」老哥敲出訊息回答：「我看他觀點很多吧　搞前衛藝術的這一票二百五」女孩接著說常被這個老師否定使她蠻難過。老哥說你應該慶幸啊。老哥三連敲：「說自己沒有觀點　那更可怕」、「比起陳述一堆看得懂或看不懂的"觀點"　此人的觀點可能更為強烈」、「而且是極為強烈」女孩不置可否。老哥說：「感覺他好像化身成一個女孩說"我要的不多　只要一個能陪我發呆　唱一支芭樂歌給我聽的人就好"　看似雲淡風輕　事實上這已經是奢求了」、「而且　為什麼藝術有子宮呢　藝術是母的嗎　為什麼不是藝術的火星咧」。

畢竟，兩人愈發感到話不投機，加上期末吃緊，將近一個月她消失無蹤。忽而某一天上午他昏睡中接起手機。對方好像跟他很熟，一接通就以無比撒嬌的聲音說話。搞半天是她。「你有病唷？」老哥未曾領教過她的這種嗲嬌，太不習慣。如果說這種撒嬌是少女裝嬰兒的撒嬌方式，那個嬰兒也

太變態了。對方繼續塞奶說期末考終於考完囉，彷彿說她等這天很久，度過這關就可以打給他來著。老哥說：「你是怎樣？分手了唷？」女孩說：「……嗯。」老哥帶點訓話和不屑的口吻說：「對方玩一玩，你也只好哭一哭。」合著老哥想起從前她部落格日記上寫自己愛哭，部落格照片中的她有一雙臥蠶愛哭的迷濛眼睛。她說（聲音仍嬌）：「……哎喲，就是結束了嘛。」略談幾句，老哥以大老粗的語氣請她別再以這種聲音講話，並表示還想繼續睡，女孩則說她一會兒要搭車回屏東老家，互說了再見切斷。

半夜，她再度打來。還是那個奶音。並說自己的聲音從沒遇過一個男人可以抗拒。這句以前也說過，只是這次以奶音加重了強度，超狐媚一把。未幾，她要求他在電話中親吻她。某某意識到這將會發生什麼：「你簡直胡鬧，我雖然是個色狼，可是節奏感不對嘛！我不知道你有這種……行為，何況我們早就轉成朋友，又八百年……呃，太多了，又三百年沒聯絡過，你下的這帖猛藥也太猛了。」她依然任性索吻。某某說頂多你吻我，我聽就好。她派他不是，也就噴噴聲吻起。某某處在七葷八素卻又三心二意的並置狀態。她問他：「那你有沒有反應？」某某說：「是會硬沒錯。」

女孩又開始俏皮講沒人能抗拒她，並語無倫次嗯嗯哼哼。她埋怨他不配合，某某說：「好吧，我是玩過這套沒錯，但我早就不玩啦，那很蠢，靠夭，或許也不蠢，兩相情悅，可還是個蠢。」或許她為了證明魅力，仍嬌盧一通，他詫異說：「我不是跟你說過交網友這種事很沒質感，少在網路上混。」她說：「哼，你自己還不是。」他說：「我遲早要徹底脫離，現階段我是國共內戰，停停打打，上兩個月，停兩個月，常上很沒意義啊。」扯半天只成了過場，他便說：「我讓步好嗎？我陪你，但我不弄，你弄就好。」

　　於是，雖然他堅持不回吻跟進，大多時候只附耳諦聽，但適時仍不忘供給聲音，講些有的沒的，她則一路手口並進。胡適曾說白話文要「我手寫我口」，女孩則「我手摳我口」。某某在慾望的神祕時空中算冷靜，或許過度好奇這女孩能展開什麼表演，自己一旦投入跟著打手槍則錯過見識她的精彩。女孩在呻吟中連綿自淫，並難掩情意說：「我要你的肉棒。」某某覺得這句很屌也很好笑。她央求：「你也弄咩！」他堅持清白之軀，說你弄就好。溼弄半天，他說不行了，已經半夜四點，白天要上班，得去睡。她奶聲挽留，他鐵石心腸，奶山脹於前而色不改。語氣不耐煩，卻又沒能

趕緊掛。最終在他堅持「不管我掛囉」之中結束。手機一
擱，他打了個手槍。某某心想，至少我沒在你面前發蠢，對
自制力雖不滿意也算接受。這一管打得通體酥暢，只怕噴
到月亮。上午九點整進到工作地點，忽然簡訊聲傳來，手
機按出，對曰：「昨天掛電話後我自己弄出來了。我好想你
喔。」沒回她。過半小時她打他手機，他不想接。

晚上到家，MSN他不斷問她究竟是怎麼一回事兒，這
些轉變和發明太突然了，實在無法調適。語氣很不溫柔，頗
有譴責之意啊真鳥。女孩只好表示她願意誠實告訴他，經過
這一陣子她想過了（表達可在一起之意）。某某說可我們沒
見過對方，這樣會不會太草率，再說節奏整個沒到那個點，
弄那個實在很突兀。女孩灰心，他的一番話她不也聽了突
兀。不過某某表示還是想講電話。……在電話中他催請她
弄，她表示那你剛剛講那樣。某某感到矛盾，不，他不矛
盾，他很清楚，包括清楚自己不該叫對方弄，也包括清楚自
己期待她表演，簡直廢話。某某很苦惱、自責的表示自己
不該這樣要求，又語重心長說你是什麼時候被人渣網友帶
壞了。她說：「哼，說被帶壞其實是自己壞。」某某覺這句
蠻不賴，但也替她感到悲哀。某某說：「也是要怪我，以前

跟你講話都帶些色點，使你誤以為我就愛這套，……也不是誤以為啦，我他媽本來就沒不色過。這是花非花，誤中誤，誤到底我們有那麼寂寞嗎？還是你剛分手，心情不好很需要？」她說：「……或許吧。」語調中似乎幾許同意和承認，也像幾許委屈和懶得分辯，既然你這樣說就隨你說唄。某某說：「不過你亂過一ㄊㄨㄚ又趕下一ㄊㄨㄚ，這樣會不會太亂？前台不亂後台亂，這樣劇組還是要檢討的。我也不是講人要守喪三年才能找下一個，可是你知道自己在幹嘛嗎？我們就不能正常講話嗎？談戀愛也需要正常講話吧？」她嗲聲憐憐說：「那人家只是想對你好，你卻這樣。」說著嗔怨起：「你憑什麼年紀大就指責人亂喔！」他說：「因為我懂亂，亂一亂亂爽的，但我不要你也亂，我不要你的質感做這樣的事，那很不值。」她像撒嬌又像冷嗆說：「你懂啦，你最懂。」他連環說下去：「雖然不是說有質感的人就不能這樣，最起碼你不能把亂當作美，你要很清楚自己。如果電話一接起來女人就要跟我揉陰蒂，我只會覺得我很失敗。我不想故作神聖，也不想故作邪惡。」她沒講話，像在思索，或思緒全空掉。某某說：「我覺得你好像常常跟沒見過面的男生這樣吧？」她超不爽的：「哪有！才兩次，你是第三個。」他說：「天吶，很多次了耶。」這通電話中他們

吵吵和和，她頗委屈自己一直以來被他嘲弄是笨蛋；她沒說
出口，但他曉得。終於開始，弄了一半他又開始找麻煩：
「我還是覺得太怪了啊！這又是哪一齣跟哪一齣。」她被掃
興，不了了之。掛了電話他覺得自己真不該欺負她，可以忍
不住對她說教，說了是讓她醒醒，免得以後又被網路上不三
不四的男人糟蹋質感，但不必叫她摳。他的結論是，幹，以
後不要躺著講電話。人一躺著，棉褥簇起的一種擁抱感，逐
漸將人團入愛，慾。

12　從一根扁擔到 tizzy bac

　　至少還有南國的陽光對她友善。當女孩學期甫結束，回到屏東老家過暑假的這段日子，她和某某的友誼一重逢竟也逢到了強弩之末。就那兩通之後他們不再講電話。僅所倚賴的MSN，越聊越敗。某某老兇巴巴，她感到無比的無辜。或許某某腦子很死板，屬死板的色狼，一直呐喊無法接受這種在他編導之外的戲碼。這樣講起來蠻沙文封建的，這是男人劣根性中的劣根吧，男人的根真該爛光光。當她說起這兩天聽了 Tizzy Bac 某一條歌怎麼會有這麼好聽的歌呐！他說：「那是因為 Tizzy Bac 的歌聽起來就像中國民謠"一根扁擔"那麼好聽」她說：「會嗎＝＝」她說真的很好聽啦！他說你對一根扁擔哪裡不爽。

　　對某某來說，該樂團走的其實是中國傳統之「土呆瓜活潑民謠」、「俏心頭婉轉小調」的現代版，實在獨特，很難被其他歌手和樂團模仿。只是某某懶得對奶音女孩闡述他此

一慧耳卓見。她八成說他瞎扯，為何要污辱我鍾愛的樂團來污辱我。也沒錯，某某確實很想辱她一頓。好不體貼啊這傢伙。犯賤。

　　又一次興沖沖她談起曾去聽「轉型正義」露天搖滾音樂會，他說我只知道轉型精液。她說她看了一部法國片《綠光》，他說嗯，多年前我看過。她說天吶，我覺得我跟那個女主角好像。他說：「你少臭美！」MSN他送出驚嘆號。據說MSN的驚嘆號不弱於平常對女生大聲講話的驚悚效果，但那確實是某某的感受，且是他所樂意傳達的。她說那我要封鎖刪除你了。他說隨便。於是她消失於MSN名單兩次。也就是說她復出了兩次。咚咚咚還是想找他說話，但他說我覺得你們這種學設計愛藝術的女的，腦子都裝屎，因為你們太重視設計和藝術。你想找我講話只不過是因為我是個自大狂，但天底下的自大狂不少我一個。任何一個拿啤酒罐K破車窗的搖滾青年或文藝青年都可以讓你傾心，英國搖滾、法國電影，我去你媽。她說我並沒反對流行歌和商業片啊，我也很喜歡的。他拍鍵送出，都去他媽鳥逼逼啦、並沒你個賽啦。她硬氣的想把話說完：「我始終不覺得電影有藝術和商業之分　只有好電影和壞電影」他偏偏作對：「你說的莫不是廢話嘤，我始終不覺得滋巴有毛多和毛少之分，只有糙

機掰和旁頁頁的機掰。」他特地加入標點符號送出以表慎重與莊嚴。她咬牙切齒，很ㄘㄟˋ心，斷然施以第三次封鎖刪除。她成功了？……是的，成為駐紮在MSN列表下半段離線區的死忠會員。比較美麗的說法是，她的名字成了淺灰色。

這是一種愛與辱的上癮。對她，還是對所有女性？

老哥說，這所以是齣悲劇，在於他們本可以面對面談個小戀愛，但他不解風情，不懂憐香惜玉，態度雞雞歪歪。老哥說，如果你在雞歪中放入雞歪，那就是雞雞歪歪。原本，二度復出期間，她曾談到自己暑假中必須上台北看設計展。某某心想有見沒見都好，捐不出什麼想迎接你的動力，不過當面講話氣氛總是會好。電話聊不下去、MSN這種媒介又不適合唱反調（MSN是文字溝通，文字比話傷人；當面講話，意見不同過了也就過了，不像文字會形成一種「訊息」留在心窩子裡成不滅的疙瘩），不如大剌剌照個面鬥個嘴反充滿和平與愛。然而，講好女方動身前一兩天將討論確切相約的時間地點，時間過了卻彼此均無聯絡，儘管當時她尚未學喬丹三度隱退。某某並不那麼遺憾沒能與藝術奶音妹交腿，他遺憾什麼也說不大上來，大概是遺憾刺傷對方很多方

面，包括感情，包括對藝術的上進心。以及遺憾其他還沒發現的方面；淺白的說法是「莫名其妙」，文藝的說法是「無以名狀」。一個字，「惜」，老哥抱歉地說他對女人無惜。

「她第三次消失前，跟我講過一件事。」老哥說完停下，手繞到頸後搔背兩下，方開言道：「她說根本沒那個人。」

「什麼。」我不懂。

「那個她跟我講她告白成功的人，不存在。」

雖然一時丈二金剛摸不著頭緒，但我慧根差也懂了。

「那你怎麼反應？」

「送出：『瞭解』。」

「你不接受她嗎？可見她交往並不亂啊。」

「行為不是重點。她說的是真是假也不是重點。」老哥面露惋弔的神情。「她交往很亂我也可以愛她，如果我愛她。」他說下去：「再說，亂不見得是負面涵義。負的精神也不賴，如果成為一種精神的話。」

「可以跟你負負得正嗎？」

「大概吧。不過感情上有時候負正也得正。」老哥說，「老舍寫過一個短篇〈熱包子〉，一對小夫妻，老婆疑似跟

人跑了。一去大半年。有一天晚上，女人回來了，這丈夫歡喜極了，看她還沒吃飯，急沖沖幫她出門買熱包子。」

「我不喜歡吃包子。」我說，「如果是我，奶音妹為我這樣動腦筋，這種苦心值得我立刻打通電話給她的啦。」

「其實有。」老哥說，「她要來台北看展覽前一天我打給她。」

「你不是說你們都沒聯絡？」

「MSN沒聯絡。因為『感覺上』不想聯絡，所以我說沒聯絡，你比較好懂。明擺著的，將近兩週我們看到對方掛線上幾乎沒敲過對方。有時候，MSN反而是心情寫照，打電話或發簡訊反而只是禮貌。」

「你打去，她怎麼說？」

「她說改約同學一起去了，和他們班兩個女生。」老哥說，「她說我以為你不想去。我大嗓門開罵你搞屁啊！講一講我說還是可以一起去，我又不討厭你同學。她說不方便。於是我又開罵，你有沒有品，跟別人約定的事可以這樣嗎！而且取消也不講！我特地把這天空下來，原本有個女的這天要約我的！她蠻不悅，所以你就是因為約不到別人生氣囉？」老哥模仿她的聲音。

「然後？」老哥又頓住讓我問。他需要唱雙簧或說相聲

的感覺吧，也可能他一霎時太獨了，而忘了我的存在。

「然後我就說，言而無信，不知其可！咚，掛掉。」

「太幼稚了吧！」我喊。

「我本來想講，食言而肥，你會肥死！但怕她以為我在打情罵俏。」

「老哥，有必要這麼暴躁嗎？」我勸道。

「是啊，不搞翻遲早還是有機會浪一炮唄！」老哥還在暴躁。說著比出傳統戲的蓮花指手勢：「老哥我天生悲劇傾向。」

我覺得好噁。

我著實納悶：「你們有那麼不合嗎？」

「有哇，她是笨蛋，而且也把我弄笨了。」

「如果覺得她對藝術的看法很遜，也可以慢慢教咩。能去看藝術電影的女孩就不需要鼓勵嗎？」

「不是那種笨啦！雖然也是。」老哥緩下來。我沒接話。他緩了緩，便又開話匣：「老實說……喔不，我可以不必太老實就可以告訴你，我不覺得藝術是一件多麼重要的事，只是這世界有藝術，那也不賴。有次我跟她說，白先勇和黃春明的作品，完全達到國際一流水平。她很認真聽，看起來好像贊成我。我好高興。但我回過神來，突然發現，今

天我如果壞心或目光如雞巴豆，講黃春明和白先勇的作品為什麼搆不上國際水平，她認真聽完也會同意吧。你懂嗎？她是個笨貨！我恐懼她為什麼這麼笨，也恐懼我欠缺能力去通過表達讓她信任我所看到的。」

「國際喔……」我對老哥回應道：「國際頭銜，或用『國際級』這種頌詞，我覺得不那麼重要，好比國片不一定要拿國際獎項，我們才跟進肯定。王建民投得不好，也不見得是國恥或國殤，投得好也不必當國慶。一個國家的國慶日太多實在有病。」

老哥插話：「何況王建民投得好，也只是受美國肯定，不是受國際肯定。很多國家的人可沒迷棒球，他美國人根本懶得鳥棒球的也大有人在吶。甚至歐洲人和非洲人懶得看足球的也有唄，一群有手不用的白痴，他們可能這樣想。王建民為他自己投球，幹嘛為台灣投球哇。」

我把話說完：「黃春明和白先勇，我們知道他們是好作家，這就夠了。」

「可是他們真的是國際級的嘞！只是大家不敢這樣說。」老哥講：「我們台灣人要有自信點，誠如你說啊，不必老外頒獎給他們，我們才敢追加認同。」

「啊，就算是國際級的西片，也有爭議性的吶。坎城宣

佈的得獎者，台下噓聲一片也不是新鮮事。我的意思是說
『國際級』和『獎項』都不必是拿來作文章的點。國際上得
獎的國片我們也大可以不跟著叫好。」

「雞巴毛這我知道啦，反正黃春明、白先勇是國際級就
對了啦。不敢這樣講的人就不會寫出好作品。」

「坦白說……」我歉然講：「他們兩位早已江郎才盡。」

「盡你個鬼！」老哥雷霆大怒。「盡的是你。你看過白
先勇寫的〈一把青〉嗎？羞羞嫩嫩的少女這部分寫完了，
唵！～」這個狀聲詞是用假音發出的一種驚悚片音效。「一
下跳到她成了風騷的歌舞艷星和潑辣幹練的麻將妖姬，這裡
面的氣魄你抖得出來嗎？黃春明寫〈青番公的故事〉，大洪
水來了，老阿公要小孫子不要管他，自己逃命。寫說阿公吼
他，跑！跑！每一個『跑』字用拐杖朝孫子身上打一次，你
寫得出來嗎？我們只會寫邊吼邊打，但它這裡是分解動作。
所以我為什麼要把我的〈豆花詩〉拆成夏天、冬天兩句不作
一句寫。拆開才見出整體啊！這不只是強調的手法，這是作
者他同時活出大魄力和小留意。」

「……合著你是有所本的。」我不禁翻白眼。「黃、白
兩位我無意評論，就像綠貓、茶貓、灰貓、橘貓你可以慢慢
調色湊出你想要的。說到底各人有各人的調色盤。不過老哥

你講的那個女孩，……容我說句冒犯的話，你太嚴苛，也太自大了。」

「我是很自小的。豆花詩真的不好嗎？」

我從肩膀瞅著老哥。他沒瞪我，只是略顯沉痛狀。我便說下去：

「喜歡藝術只是一份單純的小小嗜好，必須尊重。這樣說吧，一個牌技不好的人，也大可以喜歡打牌吧！」

「是沒錯，但那個人會帶給三家困擾。」

我講不過老哥，只好下台一鞠躬：「您別挨罵啦。」

「對了老哥，」我想起老哥曾告訴我，他對女友的要求條件很寬（或該說很嚴？），即──只要喜歡流浪貓的女生，他都接受。「她喜歡流浪貓嗎？」我問。

「是的，她喜歡流浪貓。我問過。」

「那就好阿！」希望這能點醒他。

「但是她不喜歡蜥蜴。」

「啊？……」

「我收養了一隻流浪貓，牠喜歡跑出去，常常叼蜥蜴回家。」

13　慈

　　讓我們回到北投捷運站。台灣氣候不穩定，氣溫隨意上下，秋天特短。我示意往小公園走，黃昏不黃也不昏，風倒涼人。這件事多麼重要，公園的幽靜讓它得以敞開和沉澱。尋訪老哥，除了分享我有幸遇到奇女子鍾×慈的福份，更須求助接踵而來我和她之間所面臨的瓶頸。微含溼潤的泥土遍地躺著欖仁樹的大紅葉子，不知是紅透了掉落，還是給這幾天颱風前後的連綿雨勢所掃下。老哥走動間說：「這就叫落英成陣。」我說：「什麼城鎮？」他說：「落……算了，我們不同世代。」我抗議：「喂！」他嘻嘻笑作無奈狀：「唉喲，就紅娘拉皮條，撮合張君瑞和崔鶯鶯幹砲的一本書提到的。」我說：「是喲！那至少比《瘟疫》和《蒼蠅王》好看。」他說：「也算開竅。」

慈和我是在秋颱之夜相識，那時候她在等開學。她讀北縣某大學，那時候是讀大五，延畢中。是不是故意延畢我忘了。老家在基隆，但父母在台北中和市（聽長輩說以前叫中和鄉；現在叫新北市中和區，真怪，好像反而縮小了，反正叫中和就對了）剛好有層老公寓樓房，她便有機會順著求學自由獨居。那個颱風夜，給台灣山區帶來了土石流，隔天傳出盧山溫泉淹沒的災情。土石流這些年來好像成了台灣的老友，如果沒有土石流反而才是新聞吧。我可以預知將有這樣的災難，只是草民我不曉得這次在盧山。風雨交響了徹夜，俾使草民和花民的MSN顯得浪漫。次日的長聊改為電話。還好我不用像老哥那樣破費，鍾×慈有室內電話可以用。我也忘記是怎麼開始的，反正就弄了。鍾×慈的講話調調大大咧咧的，帶著一股踉踉嗆嗆的訕笑，這其中還捲著一種風塵感，歷盡滄桑似的。倒不是風塵女郎那種風塵，或許也沒啥了不起的滄桑，只是透出一種豐富的閱歷吧。她的閱歷包括愛看《海綿寶寶》的卡通，天天要看。她會透過網路傳給我一些海綿寶寶有趣的連結，諸如影片，或她擷取對白，打自己部落格上叫我看。說真的，我沒有感覺多好笑，可能我反應遲鈍。但我蠻喜歡她能因此笑。我跟老哥說我發現我好喜歡聽女生笑，老哥說那是因為異性相吸，就像女生愛聽

男人被吸到快射出來的呻吟。老哥又說，你確定她的笑聲尾音不帶一點喘？他說如果發喘可能是胖妞。我回想一陣不得要領，說好像有喘，但又好像不是胖子那種喘，也可能是我也笑到喘所以沒注意她有沒有喘或哪一種喘，而且幹，我不是胖子但我笑的時候也會喘吶。我感覺慈上氣不接下氣的笑音充滿無比的天真和快樂，我喜歡收音它在我的耳道中，尤其閉眼聊天時更如高級音響的清音迴盪。老哥說你吸了大麻？

我不大愛聽的是慈講她在網路上和人戰（吵架）的內容。不是我認不認同她的意見，只是這種來回交戰或吐嘈的模式我沒興趣，為什麼意見不同需要沒完沒了我不明白。當然偶有例外啦，二○○六年世足賽我動了肝火我承認。但我也只發了一次挺老哥的文章就打住。老哥說得對，冠軍賽踢完的隔天報紙上，席丹的版面比捧金盃的義大利隊還大，可見誰贏了？……還有就是陌生人之間在網路上能深入談什麼，不都是各說各話。熟人之間意見交換一下或許比較重要，但我也懶得吵，交換就好。人要靠說服，那已經沒意義了。

她很愛講那些，我也只好打哈哈呼應幾句，畢竟這樣才

能延續對話。看來她很熱衷網路損人，這點跟老哥大概比較搭。可以藉此發揮她嘲弄的天分吧我想。老哥聽我講她戰的內容，嗤之以鼻說，她只是有嘲弄的需要，天分倒是平庸。鍾×慈講過有個女孩很可笑，自拍上傳網路，被人揭發她所拍的一系列並非原創。那女孩把某日本女星拍的系列寫真作範本，擺弄和日本女星一模一樣的動作，日女臉偏過四十五度，她臉偏四十五度，日女屈膝，她也半蹲。佈景、光線、服裝一概相仿。網路上大家群起攻之，痛斥她長得這麼醜還作怪。更讓鍾×慈不齒的是，被揭發後，女孩謊稱自己的照片是一個日本來台的名攝影師所拍，厚顏無恥堅稱不是抄襲。老哥聽了說：「為什麼她不能認為自己美？或說為何她不能想把自己弄美？因為醜就要被群眾撻伐嗎？」我說：「不，重點是她說謊。」老哥說：「為什麼不能說謊？為什麼不能抄襲？」聽到這兒我第一個反應是老哥有什麼歪理吧。老哥說：「這種事值得激烈撻伐、值得群起攻之嗎？正義感如果表現在這上頭的人，平時生活中八成沒正義感，甚至連在捷運站幫一個困在迷宮的陌生人領路的這種小事也不會去做，一定也不會感覺流浪貓狗蠻可憐，只會講貓狗侵占了人類的利益就該抓起來，或者當他們聽到有人嘆息不能帶貓狗進餐廳時，會義正辭嚴跳出來講：『一家店有一家店

的規矩！』」我說：「你會不會想太多。」老哥說：「想必是那個女生的樣子很驢啦，但驢也是一種可愛啊，人還年輕難免摸不出頭緒怎麼打扮才合適。這頂多笑笑就過去，有必要義憤填膺的大聲攻擊和嘲弄鬥臭嗎？」我說：「網路就是這樣啦。那個系列照片我看過，大概她幻想自己很美，大家看了很噁。」老哥說：「為什麼不能幻想。如果一群人剝奪一個人幻想的自由，老潑人冷尿，動輒用『你說謊』來扣帽子、用『你有病』來歧視人，你覺得誰比較可怕？」我聽了只好說：「所以我也不想跟她討論這種話題啦。」我發現我更不想與老哥討論這個。老哥說：「人沒有幻想要怎麼活下去。人有幻想，才有創意。幻想比創意更重要。創意只是小巧小技，只是毛髮。幻想是很有力的體質，是一種能量的舒張。」

　　慈也愛去討論性主題的網站，嘲笑她認為性知識低能的女孩。老哥聽了我訴說的例子，表示即便那些女孩可笑，但她自己也不高明。不高明的是在於大腦，而不是經驗。約略是有個女孩發文問，月經期間，她男友強烈要求做愛且拒戴保險套，女方怕感染細菌或病毒，問確實會感染嗎？且又男友力勸月經來時做愛可以減輕經痛、女方比平時更容易高

潮，真的是這樣嗎？「所以說這男的好體貼，關切女友的高潮？」老哥呀然失笑。

話說鍾×慈看到這個女生的問題跑去回應：「怕就不要做，少在那邊嘰嘰叫，高潮的方法很多。」老哥說：「是會容易感染沒錯啊。」我說：「她是覺得那個女的連這個白痴題目也要問。至於月經做愛容易高潮，鍾×慈說沒錯耶，真的會，因為高潮時子宮會收縮，很爽，淤積的經血就會被排出來。」老哥說：「通一通就好？土方法真有效。」我說：「她正確的意思是，經痛就是因為裡面有髒血，出不來。藉著高潮把髒血排出來，真的會舒服很多很多很多。」老哥說：「天殺的，可月經來容易高潮，可能是女生月經來的時候性慾強啊，跟因為經痛被通一通減輕無關啊。性慾強當然不必然一定會高潮，但願力強了好歹了就比較可能達到高潮。高潮終究比悟道容易。」我說：「這我要糾正你，月經來也不會性慾強吧，痛呼呼的還想到性慾嗎，是月經快來的時候強吧。」老哥說：「阿反正女人本來就是邊痛邊喊爽，有沒有月經來都馬這樣。」我說：「這你不會比她清楚的，即使每個女人因人而異，但她身為女性好歹比沒月經的你懂。」老哥說：「好唄，反正你們兩個聯合陣線了耶，我是真的不大懂啦，我這人只負責插入。可是我對男方要求月

經來時做愛的說詞感到白爛。明明就只是想做，還成了性治療了。A片裡中年阿北（阿伯）色吱吱的饞相都比網路那幫男女的嘴臉好看。」我提醒說：「可鍾×慈說消除經痛是事實。」老哥說：「那你是個男人就要坦蕩的說，我想抽送，我愛幹砲，不幹砲我會死，這是我的目的，阿順便可以幫你做性治療，幫你來個減輕經痛倒也不賴。你懂嗎你這白痴，你跟鍾×慈一樣白痴，對男人噁心巴拉的嘴臉沒感覺，那被亂幹也活該。你到底懂了沒，他的目的只是想打炮，不是性治療。女人的死活他根本不管，所以他才厚臉皮說我不想戴套，他怎不說我愛血，血讓我亢奮。鍾×慈這種女人怎麼不去跟蝙蝠做愛。」我勸說：「好了啦，好了啦。」老哥一認真起來就很猛烈：「她有什麼好損人兇人的呢？回答這樣很幽默嗎？比起用心答覆陌生人問題的人，她不覺得自己猥瑣嗎？如果想醍醐灌頂，看起來也不是，只是想顯示一種傲慢，表示自己很懂性、懂任何事。沒錯啊，高潮方法很多，自己摳也可以、燈調弱一點也可以、褲襪扯破也可以、喊聲寶貝也可以……」

「還有跳蛋。」我補充。

老哥只顧洋洋灑灑不鳥我，「……可每個女生都像她這麼愛拿著電話筒摳嗎？她這樣就比別的女生懂性嗎？我跟你

保證，她的腳，至少小趾一定有灰趾甲，不然就中趾比大拇
趾長。」

「她是蠻懂。」我說。「她講過好幾次：『我很下流。』」

老哥噗哧一笑，一霎時怒氣給化開。好像他之前的怒氣
自己也當屁。

「那你怎麼說？」

「我說不，你很純，你是天使。」那時說話間我眼前彷
彿出現一片翅膀上的絨白質感。「她說，我不純，我淫亂得
要命，但我真的很真。」

「倒是痛快。」老哥說：「這是豪情女子，值得欣賞。
雖然淫亂和懂性不一定有必然關係。嗯，然後呢？」

「有一次我用MSN講到色的話題，密一半我停頓時，她
突然送出：『不要停』那時候我們還沒電話摳過。外頭風風
雨雨的那一夜。」我突然有點害羞跟老哥講這麼細，不過我
還是決定照實說了，這是為了請益。「然後我問：『.........你
有動作....?』她說：『如果有你會停嗎』。」

「然後？」

「我說：『不太相信　你的臉是天使』她聽了打出好多
個『哈』，然後說：『你好賤』、『繼續說』。」

「你蠻能逗的啊。」老哥作詫異的眼神嘉許我。

「我沒先繼續說色的，密她一句：『真心話被說好賤』她分三次回我三句：『還是你說完了？』、『我不是天使』、『我很下流』。」

「有點多了。」老哥說。「你就往下說你的色點就好唄。扯到天使幹嘛，天使也太忙了。」

「我只是想學著討俏才講到天使。」我有點拍謝的解釋。「如果是你，她說我不是天使、我很下流，是你你怎麼回答？老哥。」

「就不用答話就好阿。」

「不是啦，我是說假如要回答的話，譬如以後她這樣說到。」

「我也不曉得。」老哥拿菸點上火。我已正抽著。「其實，怎麼回或跳過都可以。反正她喜歡你了。」老哥吐煙後說，「不過她不喜歡你，你還是想怎麼回或不回或跳過都可，因為，反正你怎麼回她都不喜歡。幹，誰怕誰啦，死豬不怕水燙，赤腳的不怕穿鞋的。」

「如果真的要回出一句很妙，敲中她芳心的關鍵字呢？」我追問。

「……我又不是作家。」

　　我眼光落下，盯著石疊上的書本封面，卡繆和高定的照片。

　　「……其實我真的覺得她是天使。」我低下聲音說。

　　「你們兩個是天兵吧。」

14 想要得不到

想要的得不到

他們說這是你成長必經的苦惱

想要的夢太大但我的心太小怎麼都抓不牢

想要的總不夠多

我的生活轉眼只剩下壓迫

想要的你不屬於我

怎麼看怎麼令人心痛

但我看見我自己的倒影

突然有說不出的冷清

要是最後只剩我仍不懂

請別怪我總是不知所措

——〈想要得不到〉tizzy bac 陳惠婷

意亂情迷中我有了瓶頸。因為她不見面？老哥猜對了。他問我肯定照片是她本人？我說這年頭會用假照片的真的很少了，要像你運氣那麼「賽」很難的。老哥大笑罵我三字經。慈的部落格，上面有照片，文章底下也有訪客會回應，那些人看起來都跟她算熟，有的從對話中看得出是同學，所以身分假不了（試想，她如果在各種圖文等個人資訊上欺騙我，我可以透過連結跟她的同學或朋友網友查證，這個她難道不會顧慮到嗎？換言之，正因為真真有她此一活人活體，因而她無需有這層顧慮）。老哥說你還蠻ㄅㄧㄠ丶的，不過心急吃不了熱餛飩，等她自己燙到想找你吧。而且女生喜歡搞即興，只要彼此喜歡，你不讓她感到逼迫感，某一天她會突然邀你出來走走，人畢竟需要往外走，需要陪。我倒是蠻擔憂摳來摳去的激情退燒，老哥叫我少安勿躁，才剛開始，棉裡藏針，見縫插針，人要外柔內斂，心要把穩持平。既然她不見，你也要裝著沒想見，這樣你們見面後她感嘆說我沒想過會見面，你就說我也是，這樣就浪漫了。我是這樣懷疑，她的自拍照每張都只有臉，沒有明顯的脖子以下，有可能身材是胖碩的，「所以你剛剛問她笑的時候會不會喘，有點到我的隱憂」。電話中我有直接問她脖子含脖子以下是不是胖胖的，她竟說：「沒錯。」我說但你的臉一點不胖，她

說：「臉是不胖。」我說不過你好像也沒肥脖子啊，她說：
「幹！我就長這樣。」她也曾用認真、真誠的聲音告訴我，
她很怕談感情，見了面如果有了故事也不會是個好下場。
嗯，我記得她說喜歡男人邊吻她邊摳她下體。有一次她清晨
五點左右，邊看電影台放的《小姐好白》，邊和我講電話。
這部搞笑片我以前看過，她沒看過。我們一起看電影一起
笑，她的笑聲豪興又嬌脆，我好喜歡。可能後來我不長眼，
進廣告的時候一直提到見面的事，說我想她，這讓她很煩
躁，導致電影又開始的時候她分了心，我們不小心吵嘴了，
她超生氣，猛然掛我電話。我懷疑前一天我問她是不是很胖
就已經惹毛她吧。半小時後突然我電話響了，一接起，傳來
熾熱的聲音：「摳我。」

這一聲摳我就把我徹底擊敗。

老哥建議我，既然，她蠻喜歡你這個朋友，又何必擔心
起來，慢慢讓她生活中被你牢牢占領，蠶食制約，看著辦。
但你也不必太癡情，猶原做好自己的事，該上班上班、該幫
父母掃地還是乖乖去掃。我說我們家不用我掃地，他說你可
以開始掃。不要成天老巴著對方，這就弱掉了。而且擴大打

擊面，多去認識別的妹，先把她當朋友之一就好。如果久了
濃情淡去，只是朋友了，自也可見可不見，你不也忘了見不
見，無欲則剛，一切都好。該是你的是你的，不是你的不會
是你的。話是這麼說，這番話我懂，但我身心都栽進她的溫
柔鄉了，出不來！……老哥說不然這樣，你寫信給她。女
生喜歡收信，尤其用筆寫的，彌足珍品，這年頭很少人來這
套，她會感到你美好的用心。也可以把一些個紅黃藍鮮豔的
小貼紙、小巧克力片兒、或什麼有意思的小東西放進信封
裡。紅、黃、藍，號稱三原色，小小一張，力道很強，讓任
何女流爽歪歪現出原形，可又讓她以為你跟一般色狼不同。
這才像追女孩子嘛！如此，她若願意給你住址，隨後你從談
話中套知她確實讀到信，那麼，就證明照片中人無誤。好，
如果收到信也不表示照片一定對，那至少你有了她的地址，
留待往後暗中查證也是一步。

　　我的眼睛射出光芒。這時天色漸暗，我聽了都感覺自己
眼睛裡有星光，像漫畫書中的公子哥那樣。老哥說他餓了，
一起去旁邊的北投夜市找東西吃。我們踩著溼地上的大紅葉
離去，葉和鞋底的摩擦聲不乾脆，也算感受泥土的實在。幾
個看似還沒上小學的孩子在附近攀爬擺盪著聒噪，我心想小

孩到底聊啥可以這麼起勁兒。一個阿嬤推著嬰兒車進來，車棚恰巧是個美好而具功能性的裝置。猢猻木像一排跳棋，淘氣著的故作靜穆，或許我一回頭他們就會移動起一二三木頭人。上漆的金屬健身器材跟前，一個大嬤以一種涅槃的神情雙手扶住前杆，兩腳踏著兩片小船似的嘎嘎聲交互擺動。一株老大的榕樹，鬚鬚真他祖嬤的多，遇見月光夜半或將成為朦朧的紗。騎著小折疊單車的老頭從小馬路上晃進來，感覺他炫耀兒女買給他的時尚產物的同時卻孤單落寞於無人陪伴。行進間不像他在騎踩，而像鏈輪帶動雙腳，這使他看起來又顯知足。

在夜市一帶，我們吃聊走晃，老哥說在夜市會感覺台北是古老的城鎮，可是這裡卻沒有古老的愛情。新的愛情卻又在遙遠的另一頭，當夜市幻化成漁港，遙望遠方海面上的朦朧海浪。那個被命名為「愛情」的聖杯，從大洋上往這頭望來，所見的是朦朧卻真實的燈火。

「海很漂亮，也很可怕。就像不能背對老虎一樣。」老哥說。

他告訴我，這句是他一個朋友，搖滾哲人黎明翰說的。

這黎明翰很絕，對社會諸多話題頗有見地，投書報社的民意輿情版，生平首發，就被刊登出來，可報社不小心把他的名字打成「魏明翰」。

買了飲料一起回到捷運站的小廣場。我買了啤酒，他買了一杯檸檬綠。他說不想喝酒，晚一點想順便找北投的網友見面，深怕精液裡有酒精，萬一對方對酒精過敏，口爆後將很難善後。除非想藉著口爆來灌醉女人，但對方若既願哈棒又何須藉口爆來灌醉，他攤手說。我怕耽誤老哥，問他你們約幾點。他說我還沒約，北投我沒認識的女的，我想等等去網咖上聊天室問誰在北投想出來。不由得我臉上三條線：「老哥，有這麼拚嗎？」

「哎！說說而已。」老哥頓時有點窘。

我搞不懂他的這個計劃是真是假。「說了半天，真是……」

「廢話嗎？」老哥不悅。「喂！說過什麼是廢話你不懂。」老哥抗議：「我說了又不一定去做。至少說了也舒脫了點。」

「可我看你真的要執行來著。」

「……也是啊。我承認。」老哥說,「但你一講,我就算了,也沒掛念非要。」

似乎我掃了他的雅興。

「你不是常勸我網路沒什麼好上。」

「是這樣沒錯。」老哥無辜起來:「可是你不懂得廢話的爽快啦。」霹靂啪啦他一頓下去:「我跟你講什麼叫廢話的學問。去年夏天,我老串台大附近一家『怡客咖啡』(此店與『丹堤』均屬本土平價咖啡連鎖店企業)。那附近還有家賣涼麵的,有天我路過買了,帶去『怡客』吃。第一次買,好吃。隔兩天第二次路過,又買了,『怡客』坐下來,一吃,麵不是涼的,是溫麵。我想起來,那是大熱天路邊一個大棚子下的攤位,陽光一準斜射著麵,怕是曬久了。第三次,沒辦法,我特愛吃涼麵,還是決定去買。但我不放心,先用手放在盒蓋上試溫度。一摸,果然又是溫麵。但我這樣就閃沒禮貌,必須稍微跟老闆娘講句話退場。於是我說:『老闆娘,不好意思,你們的涼麵不涼。』那老闆娘瞪著我,立刻氣呼呼回我一句,你猜她說啥?」

「說啥?」

「『因為剛做好!』」

　　老實說我也搞不清楚笑點在哪，只能說還好我的啤酒是冰的。如此這般閒扯一陣，不過回想起來只像是三言兩語。我告辭老哥。老哥叫我回去的路上就去買「文房四寶」寫信給她。我說我們抽最後一根菸解散。他說好，抽菸時他講，好好交她這個朋友，那麼，該做的也做了，如果她仍對見面排斥，也就算了。喜歡一個女人必須尊重她的想法和作法，儘管她鑽牛角很沒必要，可你不必徒呼負負也鑽起牛角。這不見得是我們遜才征服不了對方，儘管……也是。是就是，幹。老哥的結論是：「沒看到（對方），都是非真實的幻影。看到了才開始戀愛不遲。就像女生常講的──不要先放太多。」我說：「我不小心戀愛了嗎？」老哥說：「摳個穴、揉個豆也沒啥大不了，不必盤在心上就以為她是你的人、你是她的人。不過你如果認為這是戀愛，那就正面去看待一切。承認了反而輕鬆，然後就踏實著來。戀愛，或說愛的形式很多，真的不一定要見面才叫愛。開心就好。有的善心人士認養國內外的貧苦兒童，也只互相見過照片。愛情也應該這樣才純粹。至少彼此有個純粹摳屄打手槍的朋友，多好。懂嗎，你要愛她，但不要愛『上』她。」老哥強調「上」這個字。我略毛燥起：「我不是那種人！我沒有只想到上。」我好像有點失態，我難為情地失笑起。我喃喃

說：「見不見面，都要能開心就對了。」老哥說：「是的。
既然開心了見不見又何妨。」老哥把菸頭捏滅甩掉：「雞巴
毛咧！我覺得我根本是悲觀的人！」我臉上三條線：「我還
正要說你豁達咧。」

15　豪邁茶店之長篇大論

　　當晚我問她住址，說想寄信，她很開心，立刻給我。我還以為她至少會設防拖延一陣。每隔幾天我就發一封信過去，有一封還放了我從網拍買的海綿寶寶小貼紙，另有一次則用宅配運送一箱某個牌子的洋芋片過去。她說過她特愛吃這個，收到後打電話來一直尖叫不已。……然後，我們之間出了狀況。

　　時間和地點是老哥選的。深夜老哥和我約在板橋24hr的泡沫紅茶店。那個時代還是個美好年代，可以在許多室內場所抽菸的年代。二〇〇九年的年初，什麼都愛學國際的台灣，好的不學，學到了禁菸，說這樣很先進，可如果做別的事也執行得這麼有效率台灣早就先進了。老哥說板橋對他來講別具意義。某一次跨年，他和某女青年在板橋南雅夜市的凌晨零點，咻咻叫，有人在這裡放煙火，他們就置身夜市裡

望見這一幕，「感覺我是在煙火裡看煙火」。午夜前後，最讓他回味的是在緊鄰夜市的某單身女子套房，和該女子進行了跨年的儀式——跨幹。「從十二月三十一日二十三時五十九分五十九秒跨幹到一月一日一秒。一片煙火喧囂糜爛覆蓋中整個給她跨幹過去。這樣我就可以對外宣稱，我連續幹炮兩年沒停。也就是說至少之前三百六十四天和之後三百六十四天我都沒做愛也沒關係了。一次等於幹上兩年補回來。這個煙火的慶祝行情長達兩年。」老哥講得專注。他還講到一〇一大樓那區人太多了很噁心，整個大樓就像一支通天的大醜陰莖棒，跨年時大噴精火，大家就為了看這個？要去湊熱鬧也不是不行啦，好歹射煙火的時候大家也應該在底下集體雜交，不然就辜負了煙火，只讓每個人更加虛偽可笑。「愛看跨年煙火的人都很色，都馬是變態。」他說。

　　不知道是不是那個跨幹的女子已經不理他了，害他事後真的一整年沒性交過，才使他講話充滿煙火味（火藥味）。老哥在茶店啜飲大杯的芒果冰砂，他說茶店最偉大的，就是每個座位，好大一張的桌子，人可以享受這種平坦無一雜物的大桌子就像置身大平原；沒錯，本來無一物，他將手輕輕拂過桌面，延蕩而去，「然後，」他的手到桌緣剎那整個往

下切空，「像是大瀑布，我們就這樣墜落下去。」他說茶店
很大氣。我說：「但有點台。」他說：「台得很大氣，這裡
不會有裝模作樣的藝術青年、文藝人士、什麼獨立音樂搖滾
咖、或什麼音樂人碗糕。這裡一浩片是抽菸、打撲克、講
話大聲，這些混混讓我看到台灣的驕傲。」我問：「混混讓
你感到驕傲？混夜店的算不算混混？算不算驕傲？」老哥
說：「都是混，但那邊要擺闊，要有點錢，不像這邊充滿
始純真的氣味。夜店原始，但不大純真。畢竟我們是重心靈
的。重心靈的，ok？」我說：「好唄。」老哥還沒完：「雖
然修行要身心靈一起修才叫修行，但夜店只重身，你聞到的
只是肉味。只重身也蠻好，但夜店的重身就很卑微，好像他
們沒去夜店就無法縱慾似的，狹隘了。」我說：「那自己辦
趴呢？不去夜店。」老哥說：「也一樣，非要有個趴才敢墮
落，不靠喝酒就不敢撒野，這是小家子器，不究竟。」老哥
往下說：「去夜店的人有的也會到茶店就是，那種人是比較
有救的。茶店也可以一個人來，自己看書看雜誌寫東西，或
你看有人帶筆電來混，沒有人會覺得你突兀，大家打自己的
牌，這裡做任何事都好自然。去夜店看書、玩筆電多欠打
啊。還有藝術青年混的那些咖啡館，你會看到不少人獨自用
筆電或看書，那種孤獨實在做作，然後還有一種人在一盞微

弱的小燈下看後現代爛書本，他們的視力真好。」我說：
「那是因為他們有在別的地方補目瞅。」老哥憤怒：「卑
鄙！」

老哥接著說：「茶店多好，如果有人在茶店性交或雜交
起來，打牌的人大概也繼續打牌吧。」

「這不可能，會停下來。」我笑了。

「可是在茶店交配，你看了不會覺得他們髒，在夜店做
愛的人，不知道為什麼，看起來就髒，連摟碰一下或打情罵
俏也讓你看了髒。」

「道德，是一件難懂的事。」我說。

「不是，這是美感問題。」他說。

「如果我爸媽知道我和人家電交，應該會罵死我打死我
吧。」我想到我切膚之事。「假使我是女的，我爸媽還會罵
我不要臉，我爸媽還會氣哭，痛心淑女般的女兒竟然這麼墮
落。」

「如果你是男的，就不會罵你不要臉？」

我想了想：「可能會罵不像話！」

「道德是色狼發明的淫物。」老哥說。「原本人類是不
穿衣服的，至少夏天不穿、住熱帶地區不穿。為什麼好端端

的下體攔片樹葉呢？很可能是因為，色狼發現下體的皮膚顏色和其他地方不同！沒錯，我們不是色狼也可以發現到，但我們不會像色狼那麼處心積慮去精心凝望。你說色狼可能也注意到陰毛，錯了，那是你才會注意，真正專業的色狼沒在看這個，否則他也會去注意腋下，別忘了女人一生除多少次腋毛就至少長過多少次腋毛。我不是說色狼就不會盯著腋下，既然他是色狼，腋部當然也可以成為陰部，甚至臉部也可以當作陰部看，腋毛刮不刮他都要看，咖頭烏也可以引起色心去看。」閩南語「咖頭烏」就是國語的膝蓋。

　　老哥講：「只是說相對於陰毛，色澤就更領風騷。這有一個背景原因是早期人類無論男女滿身都是毛，第一眼望過去沒陰毛反而才值得大驚小怪，所以說我研判人類歷史上最初是重色不重毛的。為什麼中文講『好色』，卻不講『好毛』，我料它就是這個理。說到毛，時至今日不少人類仍舊是滿身毛的，女性或許例外，至少毛短，肉眼難察。當大家發現擁有野獸的毛皮可穿，多少代下來漸漸不長毛了，但仍保留濃密的陰毛、腋毛、頭髮，男人則多了鬍子，為什麼呢？因為後來人類的好毛就是好色，特地保留這些毛髮吸引異性。你說腋毛也可以吸引嗎？遠古時代一路下來都可以的，直到晚近除腋毛才成為正式的審美標準動作。這種風氣

的全面流行是盲從可笑的，它把腋毛之美給剝奪了。等哪天哪個時尚大師登高一呼，大家開始蓄腋毛、染腋毛那也不叫人意外。假以時日肛眼周圍的雛毛也可以露、可以染，這也不過是結合復古美學和後現代觀想的一小步。在那遙遠的時代，腋毛是多麼拉風哇，人們搔首弄姿，非要故意抬高手臂露出胳肢窩這一撮招搖著，而且男女都愛看異性這樣露點。是的，我們現代人講三點不露，可依我看左右兩腋在那個時代也算點。也可以若隱若現，不一定要把胳臂舒開，夾緊著也可以丟出兩根毛，就算看不到也可以聞到，這個就叫『品味』。在那個時代很可能狐臭是最有魅力、最有品味的。總之異性不由得會留意腋毛這個隱喻，什麼隱喻？隱喻我陰部也有毛嘞，我陰部發育完成嚕。這現代女人討厭腋毛，往後有一天演化出不長腋毛那也不奇怪，只要她開始念力。興許除了嘴唇上的虛毛、絨毛，本來女人鬍子也不少的，這也是通過念力才消失的，因為她想接吻。是的，歷史上第一個發明接吻的人可能就是女性。可你說男人後來也愛接吻啊，沒錯，但男女之間女性比男性更重視吻，太多男人還是只想插，所以男人不認真念力去鬚。加上女人看到男人的鬍子覺得仰慕，也就慣壞了男人，使男人覺得鬍子留著蠻好。另一個原因是『羞恥』的觀念形成後，女生怕自己留鬍子就等於

直接承認自己有陰毛，這不像腋毛那麼隱蔽，所以要趕緊退化鬍子。現代女性是否曾出現通過念力消除腋毛的案例，我不知道，但我個人卻曾通過念力長毛。當我成年後發現大多數男人的鬍子比我濃密，雖然這不至於讓我對自己痛心疾首，但多少讓我蠻豔羨的。二十六歲那年我曾有個十七歲女友說男人的腹毛很性感，納悶我肚皮光溜溜到如此貞節，她說連她身為女人都有雛軟細微的淺色腹毛吶。我便下定決心，念力發毛。我告訴自己，連睡夢中也要開啟自動念力機制。果然，一個月過後，我的鬍子開始多了、粗了、長了，腹毛也冒出。」

「真的假的？」我懷疑老哥進入阿達狀態。

「真的，你看我。」他手摩挲著嘴唇四周湊近我，「雖然比起一般男人還是少了點，但我以前更少。至於腹毛……」

「嗯？」

「六根。」他說。「不過有五根很長。你要看嗎？」他作勢撩衫。

「……我相信有。」我趕忙做出「不必了」的阻止手勢。

　　他一再發誓這是真的。理好衣衫，動作間講：「喬丹是個蠢物。一九九八年他拿到第六個冠軍，他在球場中央笑嘻嘻舉起兩隻手，一隻手五指打開，比出『五』，另一隻手用食指比出『一』。5＋1＝6，你說他驢不驢。」老哥作出難以置信的神情：「這人除了打球和賭博，什麼知識也不吸收，他如果學點中國文化就懂得一隻手就可以比『六』。」

　　「你去問問有幾個沒來過華人國家的老外懂這個。」我聳肩說。「這樣好了，你可以建議我國的觀光手冊以後寫上這條：誠所謂入境問俗，各位老外到咱們這兒，記得說『六』的時候用一隻手就好，把拇指和小指翹起來，另外三指彎下去。」

　　「這你就錯了。」老哥白我一眼。

　　「怎？」

　　「不是把拇指和小指翹起來。」他沒好氣說：「是三指彎下去就好。三指一彎，相對上拇指和小指就會凸出，好像退潮讓礁石露出海面那樣美妙，所謂水落石出。這是相對論。你的說法是兩道動作，只會把喬丹搞得更笨手笨腳。」

　　「我們可不可以不爭這個。」

　　「我沒爭吶，」老哥說：「一切思想的華彩，是在於收、在於減、在於捨，而不是在於放、在於增、在於囤積。

這樣亮點才會跳出來。厲害的球員不必自己跳起來，而是假動作讓對手跳起來。打牌不也是這個理——化繁為簡。」說著瞪我：「算了，那我們開始講色澤唄。」

「還沒完吶？老哥！」我哭喪臉：「您老還真是不捨。」

老哥已然說動：

「回到色澤，無論男女陰部的色澤都稍微深色些，這是很色的人才會喜孜孜、爽歪歪去盯著看的，看到目色發直，用大特寫看。而這個部位經由觸碰或交合可以滿足人肉身舒坦的期待，益發讓人覺得是神秘禮物。可以這麼說，生物用念力把陰部顏色氤氳染深，好比猴子把屁股漲紅，以吸引異性的注意。這是為了交配和生育。人類為了讓陰部、讓性蒙上一層神秘感，使人可以去享受揭開樹葉的刺激和成就，所以樹葉變得重要。除了色澤，氣味也是關鍵。樹葉這時也沾惹了陰部的氣味，成為色情狂愛不釋手釋鼻的迦葉。」

「迦葉是這樣解釋嗎？」

「就寶葉啦。」老哥不理會這種小問題。「這也就是何以原始時代樹葉、毛皮等衣物是由色狼率先發明的原因。」

說著他比出「六」的手勢，讓這個「六」旋轉間說話：

「也可能，必須有樹葉或一小片獸皮擋著，是陰部的皮膚比較嫩，沒東西覆蓋保護就容易受傷，這沒錯。加上人類

後來進化到直立行走，性器官正面暴露，不擋一下，我用彈弓很容易射中你的卵葩。但人類也沒必要炎炎夏日二十四小時或大半天都不把樹葉移開吧，走在空曠的地方大可赤裸也安全無虞。當人類有意識的發現自己和異性的性器是件吸引人的寶貝，事情開始變得不同。動物的想法很單純，公的紅毛猩猩說只有我能爽，我的伴侶只能有我的種，因此和同性為了交配這檔子事爆發打鬥。於是『權力』、『所有權』的字眼就被旁觀的人類發明定義。通常，雌性生物看誰打贏，就讓誰幹。能打架的就是英雄，她歡喜被強者幹。大多雌性生物的交配權是被動的。當然有時候你會發現某隻母狗偏偏不願讓某隻公狗騎上她，這與那隻公狗擅不擅長打架可能無關，她就是對他沒感覺，這種事我們也不否認有。這隻母狗比較重視心靈嗎？可能是。但你也不能講她喜歡讓打贏的一方幹她就是沒心靈、沒良心。也可能她不讓一隻很會打架的公狗幹她，自己反而是很沒心靈的，因為她看不出那隻公狗其實也有動人的心靈面。回到人類，同所有動物一樣，幹，是慾望，是本能，但人類更進一步，開始精心猛觀察、努力勤規劃，做完了還來花時間研究探討，這就不止是慾望和本能了，開始色情與變態起來。色情不見得是醜壞髒事，也是美樂爽事，但色狼和變態就要不得了。色狼與變態，使男人

自私起來，想對異性占有，不想跟外人分享，更要用樹葉擋住伴侶的性器官、擋住寶貝的寶貝。這是很小氣的行為。男人開始把『羞恥觀』加諸在女性身上，不准你露給別人看，露屄色、屄毛、露鬍子都不行。」

我聽下去。

「那麼男性為什麼也開始拿樹葉遮自己下體呢？不用多說也曉得，因為陽具可以用來幹，自也是一件寶貝。大家看到別人的老二比我的大，陽具的攻擊性產生威脅感，所以男人們講好大家都不許露出來，以示公平。因為擔心自己有一天贏不了，只好協議大家都先別輸。照理說，身為首領，可以叫所有男性都遮住下體，只有他自己能露屄，以吸引女性。可是某一代的首領老二太小吧，囂張半天，大家背後偷笑他，於是搞不好『國王的新衣』這個童話是從這裡抄來的。於是他假裝自己很能放下身段，假裝我和人民站在一起，都來自基層，便也遮上一塊。這叫遮羞布，因為老二小很羞，不遮不行。表面上他是講所有的老二，包括我的，一律平等，其實是自我保護，避免受到挑戰被推翻。」

「所以當達悟族的男人都穿上丁字褲，也就集體閹割了？」我順口這樣問，我也不知道是真心發問還是取笑他。

「你也可以在丁字褲外頭加上一件西裝褲，這樣你就可

以忘掉你穿丁字褲。」

「不大懂。那為什麼不在西裝褲或牛仔褲外頭包上一件丁字褲？」

「隨便你好嗎！」老哥忽然超不爽。「你要套上一根加農砲的砲管或一隻胳臂也可以，胳臂上還可以跑馬。」

是的，他的不爽秒瞬間就消失了，我還蠻欣賞他這點。也可能他還有其他要講的東西，怕我不想聽了，由是趕緊略過，只見他繼續說下去：

「對女性來說，女性之間的下體並不似男性下體在外觀上有大小勝負之別，不會對別的女性構成壓力，按說所有的女生大可以赤裸走去超市，女性們原可和平共存當好姊妹的，至少Ｎ年前可以的，直到男性基於男性之間的秘密協議命令她們遮上。所以你看不少熱帶原始部落的女人至今只遮下體，不遮胸部，因為基本上陽具不往胸部幹。乳交是三八的人或色狼發明的鬼玩意兒。那為何今天大部分的人類退化到胸部必須遮擋呢？很可能是因為，女人有性亢奮的反應時，乳頭會直立、膨脹、堅硬，男人看到任何直立物都過於敏感，胡發色情，覺得那是誘惑人的，便下令所有奶子封暈。女人也只好認了，再說自己也怕萬一看到不該看的男人

而亂硬，發個性幻想也被抓包，鐵被自己男人海扁一頓。更冤的是根本沒想到色的，乳頭自己莫名其妙直起，下場會很衰。問題是，可不可能當時先拿樹葉遮下體的，並非男人，而是女人？是的，女人發現她的寶貝可以吸引男人，於是故意遮一下挑透你，以催促出某種交換，交換你更愛她或提供她所需。這不無可能，以女人心機之精細這是她們做得出來的創意。你想想看，男性原始人打獵回家，萬一不分配肉給女人吃怎辦，女人力氣小，搶不過男人。再者那個部位有可能也招來禍害，必須自我保護，女人即便不認同男人教給她的『羞恥觀』也必須下『安全鎖』自保，她怕自己天妒『紅』顏，她有粉紅色漂亮鮮嫩的陰唇，怕男人爭風吃醋後為了懲罰她而踹她那邊，怕別的女人趁她睡著時拿辣椒塗她那邊。我們常說女人天生需要保護，她們是很容易尖叫的生物體，男人眼裡的小事情，女人害怕一次恐怕也陰霾一生，對她來講那不是小事，那使她失去安全感。有一陣子我喜歡吃排骨便當，一次某前女友把我的排骨夾過去吃了一口，我氣到吼她。從此她只要看到排骨就一陣陰霾，我埋頭吃便當時她總是暗自發抖。」

「有這麼嚴重嗎？」我感到荒謬。

「有。」老哥說回頭：「無論對男性或女性來說，性器

官是一個福禍相倚的部位、景氣與不景氣的部位，需要動腦才能化危機為轉機，翻劣勢為優勢，盤無算為廟算，化轉機為雞雞。」

「不好笑。」我說。

老哥臉肉一抽，以正經的語氣講解申訴著：「我講的『廟算』是《孫子兵法》的一個術語，寺廟的廟。好，這不管，」老哥做出一個揮開的手勢，「後來的發展是，有的女性認為把樹葉遮擋雞巴，是表示她有選擇權。這看似是更進一步的想法，也是進步性的想法，事實上只是退一步、退而求其次的想法。因為對原始或古代女人來說，『挑逗』可能只是拖延被幹的時機，挑逗不完全表示女性有說『不或要』的決定權。當我們說，一個女人想把滋巴給她所獨鍾、所遴選的男人，想用色澤和氣味不同的這塊皮囊去交給她所愛的人。──但『交給』還是卑下和封建的，要說『使用』。不單男人可以用女人，女人也可以抓老二來用，這個道理不必經由啥女性主義就有許多女人早已闡揚，知不知道『主義』都會去用，對聰明靈巧的女人和勇敢的花癡來說『主義』並無意義。問題的癥結還是在於，假若起初那片樹葉是男人叫她放上去的，那麼女人自以為有自主權，其實這很可能只是被小氣的色狼所教育出的想法。也就是說，女性想要徹底突

破自我的話，應該終其一生天天二十四小時裸體生活，無論居家或外出，不顧其他男人或女人的目光，讓自己還原成人類最初的純象。或者我們這麼說，就算是男性支配的、命令的行為和風俗，因勢利導，女人還是可以借力使力將男人一軍的。好比，除了少數天生愛吹、不吹會死的偉大女性，大多數女孩說自己其實不想抓陽具吹，討厭男生一直盧她吹，她覺得吹並不能讓我爽啊，但她看到男人因她而爽的時候她有成就感，於是也就喜歡吹了，甚至開始覺得蠻有口感。此後她仍宣稱我不愛吹，男人納悶，明明她吹的時候下體超溼的啊。男人不知道她的心路歷程，於是她可以支使你，喂，你不幫我完成某一件事人家就不幫你含喔。如果那個男人負氣說不含拉倒，那她也沒差，省得老娘一口毛。此外，男人下半身的樹葉，搞不好也是善妒的女人出點子叫男人遮的，她怕別的女人盯著她男人下體看，故意跟男人獻媚說，老爺，您那話兒是寶貝耶，要遮著才屌。也可能叫他夥計，如果她是女王的話。由此男人想作回自己，也不應該理會女人這種奸詐又嗲聲的騙術，應該當暴露狂。」

　　「說到底，」針對愚公老哥侃的一重重大山，我只能這樣意會：「男人女人都該脫光光生活。這是您老的意思

嗎？」

　「至少夏天的時候該如此。我怕冬天，但我恨夏天。」
老哥說。「我是不恨冬天的，因為我對女人沒有恨。得不
到，但不恨，至多反過來自憐。自憐自己為什麼這麼笨會吃
不到，冬天的低溫和夜長使這種蒼涼和困境彷彿沒有盡頭。
人如果能找到犯笨的原因其實就能免於自憐。可夏天著實讓
我恨惱。夏天時行人穿得越少，越能清楚發現大家都被一片
遙遠以來的樹葉箝制到今天。人類到夏天怎麼穿都是敗德，
因為根本不該穿。你看外星人有在穿衣服嗎？羅茲威爾的外
星人就沒穿，因為他們很有道德。人類上不比外星人，下不
如動物。動物的高尚在於，牠們不用樹葉遮住自己和異性的
性器。那不見得是因為動物笨，黑猩猩會抽菸，你說牠笨
嗎？海豚穿上衣服會可愛嗎？正因為牠的身軀是流線型，這
時候你才會發現給牠添一片海草或一個貝殼擋住下體有多麼
累贅可笑。聰明的形狀，就是流線型。越聰明漂亮的人類越
有可能長成流線型。就算不夠聰明，心只要像海豚純真，看
起來還是好看。動物只想使用性器，而沒智商想到樹葉這種
女性心機的產物，也不會想到什麼雄性虛妄的憑藉。人類很
可笑是在於他們自以為用一片樹葉可以當作道德的維繫。道
德不但是色狼發明的，還是小心眼又愚蠢的色狼發明的，並

且是弱者發明的。因為怕打架、怕打輸、怕惹麻煩，所以發明『所有權』這種鳥物。道德是什麼，簡單說道德就是所有權。雖然我爭不過你，但你只要奪走我的馬子，你就會受到道德譴責，使你不敢越雷池一步，除非你想付出代價，代價就是全部落、全村的人出來公幹你。」

「因為他違反了公德吶！」我提出異議。

「不，所有的男人、女人都應該是公器。路不拾遺，大家養成這種公德很可取，但路能拾遺也是一種公德才對。今天假使我急需一筆錢，路上撿到的這筆錢可以幫助我，那我該放心收下，好好花它，不辜負它帶給我的價值。反之今天我掉了一筆錢，我知道有人撿到它會好好來應急利用，那麼我該大方欣悅它能被撿走。」

「問題是我遺失的這筆錢我自己也需要用來救急吶！」

「我們講的都只是假設。」老哥說，「前提是，這是一個理想國，這我不否認。你放心，在理想國中，撿到你的錢的人，如果他不急需這筆錢，他會送交給服務中心，注意，不是政府，只是『服務中心』。政府很糟，只想管人民、欺負人民，但不會做好服務、幫助人民。我們的理想國只有里民服務中心或里民服務處那種性質的單位。」

「既然是個理想國，他缺錢他自己可以跟服務中心要求

補助啊，如果天天盼望撿路人的錢來救濟自己，守株待兔，撿不到豈不是等死。」

「是啊，那你自己怎麼不去跟服務中心索取補助。你掉了錢你去一趟不就得了，理想國一定會給你的啊，你得了便宜還賣乖。既然他不去索取，問題就出在這裡，他一定有說不出的苦衷。可能他上了人妻，被全國通緝，沒法出面領取補助。」

「……這什麼跟什麼。」

「所以你實在不該問笨問題。」老哥說。「也就是說，我們的社會有問題，理想國不夠理想，才會讓人因為有關性，或兩性之間的事產生困擾、麻煩、傷害、和遺憾。歸根究柢，都是『道德觀』的偏差所造成，或說『所有權』的偏差所造成。我們也可以說，不見得是基於儒弱、怕打輸，而是一個愛好和平的人才把道德發明出來，並加以落實成律法，也就是婚姻契約。這也沒錯，大家都殺來殺去沒完沒了，也沒問女生願不願意被幹，畢竟人類與動物不同的地方是，女性比較不像雌獸那麼崇尚暴力勝利者的一方，她也可能喜歡的是力氣小的那個男人的溫柔或因為對方吉他彈得好而中意他。而且動物打架很乾脆，打輸了摸摸鼻子夾著屁股就走開，勝利者遲早衰老，遲早有下一個年輕雄獸幹倒他、

取代他。人類打架打輸了可不乾脆，人類太聰明，會想盡奸計暗算你，所以為了保障光明磊落的好人，不得以必須有道德律法來保障。而且人類不如動物負責，不像公的紅毛猩猩，戰勝同性成為一片樹林的領袖，取得至高無上、每隻母猩猩只能被我所獨幹的性交權之後，面對別的生物的入侵挑戰，好比大蟒蛇來了，牠有責任和使命必須跳出來迎戰，以保護子民，捍衛家園。也就是說，當男性人類打贏了別的男人後，外敵入侵，搞不好先落跑的是他，根本沒保護他的伴侶和國民。所以說人類發明的道德，也傳遞出一種『老公要好好照顧老婆呦』的用意，你不能跟別的男人跑，但我會好好照顧你。可是，這些極可能只是後來的人類去把道德附加以一些正面的解釋，最初發明時只是純屬自私地亟思延續主權才把道德發明出來。試想，村子裡有人有難，不管我們是不是對方的老公或老婆都應該伸出援手是不是更對？搭乘公車或捷運，當你坐的座位沒被漆上『博愛座』的顏色和字樣，難道你對老人就可以不讓座？既然該讓又何須多此一舉去設它？喔設它的目的是提醒你，它就像一個鬧鐘。還真是個怵目驚心吵人的鬧鐘呐，它吵嚷著把乘客區分成兩種人，讓的，被讓的。這種區分讓你分不清老人是高等還是低等的類別，讓老人看了尷尬，讓年紀輕的人森嚴，大家彼此監控

又想擺脫監控。讓座這種天經地義的事本就該是個生物時鐘，一個老人和孕婦站在你面前你會多麼容易忘記他是老人和孕婦？鬧鐘必須裝置在心裡去內化，在車每次到站停下時、車廂的那扇門開啟的氣流聲洩出時，你早就該養成主動張望上車的人有誰比你還需要座位的習慣和觀念。」

繼續：

「道德的始作俑者自私又小氣，想永遠幹全天下的女人幹不到，只好至少讓身邊的女人別被幹，其實根本沒有一個女的要他。美其名他說我只求一個女人愛我，其實他妒恨可以幹不只一個女人的男人。一個人怕打架不見得是基於和平與愛心，只是源於膽小和無能，或怕惹麻煩、被暗算。直到今天，好比你在生活中遇到眼前有一個人在欺負另一個人，你之所以沒行俠仗義跳下去打那個壞蛋，這絕對不是基於你愛好和平吧，只是因為你怕打不過，或怕幫倒忙還惹出一身腥。而只要你一考慮到『麻煩』，你甚至連過去吵架助陣講個公道話也不敢，頂多過去喃喃講著『小事情咩，有話好說，不要動手』，這叫什麼？這叫鄉愿。你不跳下來講公道話也就罷了，憑什麼嫌人家沒『有話好說』。話，是這麼說的嗎？你只是把惡劣的話用好聲好氣來好說，奸詐沒品得要命。就算對方是大惡棍，你也沒偷偷到一旁打電話報警的想

法，或者一瞬間你想過，但告訴自己算了啦警察效率很低的啦、他們懶得管的啦。其實警察不見得不會趕來，也不見得不會插手，懶的是你自己。這些，就是道德的後遺症，使大家其實一點也沒道德。施暴者和旁觀者都很沒品，差別在於前者搞不好還自知沒品，後者卻渾然不自知沒品，這種沒品正是一種鄉愿。」

聽到此間，我心想，我和鍾×慈之間的難題到底什麼時候可以開始談。我不好意思叫他閉口，只希望有個選台器，往他的方向觸按一下，就可以關上或轉台。老哥不斷把自己融入自己的想法中說話，這才叫自私。

「這方面，我想研究生看的那些書可以跟你對話。」我的意思是說老哥你想的這些東西很可能是無解的，何況這些話題在歷史上應該很多人類學家學者哲人都談過了吧？有種你去上學者、上書本啊，去告訴他們唯有你才能提供人類社會起源奧秘的解答，或去捷運臥軌宣揚你對社會未來所欲揭櫫建立的博愛座道德觀。我不想上書也不想被書上啊，我只想上活體的鍾×慈。老哥還不停：

「所以說，人類應該從頭來過，應該容許雜交，不可以我想幹你或我幹了你我就擁有所有權和管理權，這才是明心

見性。這是不是一種和平我不敢說，至少這不自私。我做不到的事，好比我無法滿足女方，或女方無法滿足男方，我大方坦然的面對，我輕輕鬆鬆面對，好比我無法灌籃，這丟臉嗎？這值得痛哭流涕嗎？由她去和別人相幹，而她也不必對我有多餘的愧疚。因為你用很色情的眼光來看男女之間，所以你才重視道德。妒意難消，無比自卑，何苦？人各有所長，不該只想著我不會什麼，而要去想我會什麼。有的人擅長灌籃、有的人擅長數學、有的人擅長色彩和音樂、烹調美食、指甲彩繪、製作或操作機械、當獸醫或貓食研發員，也只不過是這樣，性只是人生的其中一種快樂，和別種快樂都平起平坐，這樣來看，反而健康而智慧，這種人的心胸容納萬物，欣賞各種可愛的人，和可愛的品質。」

「嗯。」我心裡回答，換妻俱樂部行之多年啦老哥。

「應該要立法，明文保障國民在公共場所做愛的自由。」老哥說。「路不拾遺還不夠，要路可亂幹，想幹就幹，路可遺精，路可由著自己幹，也可不管別人幹，也可以停下來看，也可以問我可不可以以加入你們一起幹。」

他繼續講：「這個法條可以把性從禁忌和莊嚴的假殿台拉下來，大家以後在街上看到有人做愛也平常心，就像有次我看到半夜一群人，三、四十個，有老有少，溜直排輪，浩

浩蕩蕩安安靜靜的通過大台北的街頭馬路上，揚長而去。無
論看了新鮮與否，你不會產生什麼不爽的反應，他們也就這
樣過去了。」

「好。」

「男性國民有服兵役的義務。女性國民成年後一律服AV
役，當一年或兩年AV女優。」

「這……」我說，「好吧，可是不想當AV女優的人，不
該受保障嗎？」

「這是教育的一環，國民有受教育的權利和義務，你不
能剝奪她受教育的機會。當AV女優是一種教育，一種修
行，一種公益，一種自我的實踐，自我的昇華。她藉此體
會到自身的性爽悅，也把爽悅帶給他人。無論高瘦胖醜或殘
疾者，無論乳量或陰部色澤深淺者，都一律受保障為AV女
優，這是不可剝奪的神聖權利義務。每個女生都拍過AV，
作私人紀念，和公開陳列，這使性的黑暗面給褪散，並也使
性的快樂面更擴大與昇華。以後在每個里民中心，我們都
可以看到大家拍的AV。圖書館也會多到氾濫，多到你不想
看，想吐，就像你不會想去看研究生的論文，不過你還是不
會否定知識的價值。這樣，性就正常、健康起來了。」

「好，我同意你，可是用法律條文來訂出『成年』是不

是也是一種制度設計上的威權。」這我可發難了。「凡制度必可笑。你有沒有考慮過，未成年就想當AV女優的人怎辦？」

老哥給我這句話震到。思忖一陣，說道：「那她可以申請提早入伍。」

16 衣冠禽獸與七彩婊子

夜半，店裡進來兩個辣妹，她們的穿著和氣質有點台，也像比同齡較早出社會。她們坐我們十多公尺遠，坐定後便抽菸談話。兩人話很多，一個誠心主講，一個傾心聆聽。後者一旦回應便說蠻久。前者頻頻點頭，接著講。主講人似乎有感情煩惱，我看了起了點嘆息。或許，我們四個該併桌談話。喔，不必併桌，茶店的桌面豪氣寬大，坐四人綽綽有餘。

我把事情的發展報給老哥。鍾×慈已經超過四天和我沒講電話，MSN我敲她，回應也只「嗯」、「喔」。也常掛『離開』狀態。我發簡訊也沒動靜。老哥抖眉睜眼，問我怎麼回事。我坦承我又忍不住盧她見面，電話中我無法整個平靜，聊個三、五句我就反覆提這檔事。我覺得老哥說得對，一躺著講電話就會腦殘，心理氛圍上希望對方的實體和自

己躺一起。「你們還有摳嗎？」老哥問。我難為情而頹喪起來。嗯，她不摳了。我任性的說不見面的話就摳給我聽好了，她說不。我表示與其再摳，我比較想和你見面，她說不。我酷酷的說：「摳。」她不鳥我，更酷來著。聊得不了了之，電話掛了也不再打來。苦等半小時撥過去，問她怎麼沒打來，她說在打線上遊戲。我說那你先打，打完打給我。但翻來覆去等不到。還好，我也睡著了。

「你他媽何苦一直叫女生摳。」

「我知道。」我真沮喪，我就像聲納系統出問題，埋頭搶灘擱淺的大笨鯨。

「女生要摳自己會摳。不用打電話、不必經由任何接觸，自發性的熊熊想要就會自己會摳揉、或躺床上兩隻大腿磨蹭一下、或是看A片一邊來。說來和男性差不多，只是想像力和觸發力更豐富而細密。你這樣盧她，把自己弄成負分。」

「她說她考慮過和我見面。」

「那就表示她大方向上不想見面。」老哥攤手，然後拿菸。我無言。

「可能小女娃長大了，她不是青澀的大學生了，或許一兩年前她會見、會跟你搞。也或許她對自己整體外形掛慮

著，也或許她想學會戴假睫毛才跟你見。有時候不能問也不必問這個你知道嗎？假如她正，她會樂於被人看到，正的人需要被禮讚，這是女人基本的虛榮，男人也喜歡外表被諂媚不是嗎。比較自負和自戀的男人搞不好喜歡被說醜，這跟被說帥在他們的自我解讀上是一樣的。這種男人甚至主動自嘲很醜，以表示他不在意醜，只因為別的地方優勢著的。話說回女人，有的女人就算正，也會怕你太在意她正，這會把她逼到牆角，萬一沒談成戀愛怎麼辦，她將會失去你，也就不如先失去你。小正妹神經自己不是大正妹，大正妹憂慮自己缺乏更正的空間於是開始懷疑自己不正。外表和各方面都正搞不好也還是窮緊張起來，這是一種身為女性的先天性緊張吧。」

我扶著額頭抽菸。

「你真準，她有說過我來的timing不對，」我強調：「是以遺憾的口吻說的喔。」補充這句讓我覺得蠢，也更為感傷。

老哥故作打哆嗦：「我隨便說說的。」

我聽了又難過起來。

「不是啦，」老哥大概想安慰我：「我想她是說真的。這個女生，嗯，很有情調的一個女孩。浪漫的女生才會想在

電腦前打開腿蹺桌上摳或電話中摳。也可以單腳蹺在椅子上摳，就像有的女人故意蹺起一隻腳開車那麼帥氣。」

「那沒在螢幕前或電話中摳的，就不浪漫？」

「沒錯。」

「我可以說我也浪漫嗎？」

「你，」老哥作思。「你們都浪漫，都發春。不過她的浪漫是浪漫，你的浪漫是個癡。」

「我也覺得我是個情種。」

「你這是癡魔。你著魔了。鬼迷心竅。魔在哪？」老哥指著自己胸口，「不在於對方，在你自己心中，這叫心魔。」

我呃嘴欲言，一時無語。

「你把自己放低了。你是個情種，她反而不要你，那還不如你是匹種馬。何況你又是個愛討糖吃的情種。」

「錯，我不是情種，我只是想上她。」我辯駁。

「這個她也看出來了阿。」老哥說。「所以她不想見面和做。女人需要的是假象，需要一個姿態高她一點點的男人，也不能高太多，有點見識的女人不喜歡高傲的人。然後同時又是個有用心愛她的人，暫時愛一點點就好，或者說能把她放在心上一點點就好。濃情蜜意那是後來，女人天性上

一定會想濃情蜜意，但那是後來。『是誰家少俊來近遠，敢迤逗這春閨去沁園？』《牡丹亭》唱得多好啊。你要如近似遠，虛實掩映，用飄的接近她，她才會飄飄然。你一頭熱他會怕的，會抗拒。女人對男人天生是想要又怕的，想到一個生物壓身上，任誰都怕，眼前突然一片黑壓壓，身體失去自主而倒下，就算我壓你，你是男人你剎那間也怕。注意，壓身上不一定是交配，也可能是格鬥，交配其實就是格鬥的一種。交配不但要被壓，壓了還要壓入，這恐怖剎那間不下於被刀子捅。不要說進入陰道，進入身體任何地方下意識都會抗拒，不然我現在突然手指伸向你鼻孔，你躲不躲？我一片好意溫柔要幫你摳鼻孔、挖耳朵、搔癢，你都會躲。要命的就是交配就一定得壓身上、挺進身子裡，必須通過格鬥的形式、侵犯的過程，所以讓人格外怕怕。而男女一切的身肉觸碰最終都不免於達到壓身上的可能，所以大多女人你輕輕一碰她也提防，這是作為生物的一種天生的警覺。你要慢慢讓她感到被你接近時很安全，她才會卸除那種生物性的先天性被入侵恐懼。你要先讓她知道你是人類，才可以讓她知道你是禽獸。即便你一認識她就打趣說自己是禽獸，她笑了，你也不宜亂獸一通。這年頭不少女孩喜歡自稱婊子或下流，你不必回答我喜歡婊子，你只要說『嗯，我是禽獸』即可。可

你雖這麼講，卻沒開始侵犯她，她覺得安心，並也漸漸好奇你遲遲沒侵犯，這時就中了，她會自然舒開雙腿和你講話而不自覺。一個人好端端的，無論是男是女，日常生活中很少張開雙腿做事的，可見張開雙腿是違背常態的行為，原始人在進攻和防守時，故意打開雙腿外八字怎麼奔跑前進或逃跑呢？躺地上的時候張開雙腿怎麼去踢敵人呢？貓狗只有很安全舒服時才會躺著張開四條腿讓人摸，不是嗎？張開腿才能休息和舒適，只是這同時帶有危險性，動物和人類都在腿的收放之間探險。」

我深深點頭。「那如果我跟女生說我是衣冠禽獸呢？」

「那也沒差，反正女人是七彩婊子。」

「什麼意思？彩虹的意思嗎？」

「我亂接的啦。」老哥說。「話說回來，你要溫馴、灑脫，悠著點兒，她才不會畏懼你，也自然會好奇你、崇仰你。然後你適時露出你苦弱或不足的某一面，讓她覺得她可以來幫你，讓她覺得你需要她，讓她覺得自己很重要，享受幫助你的成就感，台語講『牽成』。現在，你失了分寸。女人不希望她理想中的男人只認為她愛摳，即便她自稱下流。而現在，她既然不想理你，也不在意你那樣認為了。」

「我現在怎麼辦？」我快哭了我。

　　「敵不動，我不動。她自己無聊還是會敲你的。」老哥說。「等著。總會有個點又把你們兩個串一道。你就是太急了。《西遊記》裡，孫悟空偷仙桃回來分豬八戒吃，八戒呼嚕呼嚕吃完說：『師兄，我還要吃。』悟空說：『不是才剛吃過？』八戒喪氣說：『我吃太快，忘記感覺它的味道。』」

17 孤島

　　按兵不動的建議我贊成，但我發現我中毒癮似的，一時的溺陷之間我無法揮去失落感，也只好讓自己更溺陷。這個「一時」彷彿一百年來回。

　　我想趕快見到她，正，或不正，臉部以下有多肥，我得心裡有個譜看怎樣再說，這樣賠下去不划算。我握拳敲桌（不是很大聲啦）：「幹，她到底正不正！大蘿蔔腿水桶腰嗎！大屁股上有紅斑性狼瘡嗎！」

　　老哥扶穩茶桌上的大口徑圓柱體高杯，聽我揪心說到這，想起什麼，側身從背包中取出那本《瘟疫》。「我終於一天一天看一點看完了，累死我了。」老哥用手指懸空垂直往下指著書說：「有天晚上六、七點，我看書看一半想到，網路根本就是一場瘟疫。這時候壁虎在我家牆壁上咯咯叫，我想是同意我的意思。有人說大安溪或濁水溪以北的壁虎不

會叫，以南的壁虎才會叫，錯，我家窗上壁上書桌下的都會叫。壁虎暗暗在台灣南北統一了，壁虎比吵人的麻將英明。」

老哥叫我不要把時間花在網友這種生物體身上，叫我找正事做。我想他是想闡揚網友沒啥好認識、也沒啥好去見的。他補充說這說法不極端，指的只是千分之九百九十九．九九的網民，這條爛河的含金量太低。

「你除了上網真的沒其他興趣了嗎？」他問我。

我沒搭腔。我很想承認說真的沒有。

他說人一定要培養第二興趣。整天上網打電動、整天上網找網友認識和哈拉、整天想談戀愛和做愛、整天畫畫彈吉他、整天研究股票、整天旅行各國各地、整天迷電影、整天看小說和漫畫……，這些驕傲的宣稱整天只想做一件事的人，本質不免一樣的可怕，一樣的狹隘。「好比三十歲那年我曾在我的記事本裡寫過：『大學時我成天只想談戀愛。現在的我，依然如此。』我也只是好玩說說，強調一下愛情的重要性，我如果真的是這樣的人，只怕我連這句話也寫不出。」

「呃……」我怕不禮貌，「這句很屌嗎？」

老哥想了想，搔臉。「也還好。」

「我要說的是，」老哥說：「真的在雜交的人不會去看雜交的小說，因為那種小說很無聊，又很遜。雜交的小說也無法描述他們高來或低去的想法，假設他們有想法的話。也就是說，雜交的小說沒什麼好寫的。」

「我無法去雜交，只好上網，是嗎？」我說。

「你無法去雜交，只好在這裡聽我說話。我無法去雜交，只好講話給你聽。」

「也是。」

「但至少當下的你脫離網路了，儘管我們談到網路上的女孩、女人。談一下也只是個過渡，等等或許我們談到別的就更自由了，一會兒我們可以開始著手起草關於成年女性服AV役的法案。」

「不必了。」

「喂，這搞不好比台灣國憲法還早一天落實。」

我無奈堆笑。

「網友，就像散播瘟疫的老鼠一樣，四處竄出，腐臭噁心。」老哥比出誇張的天女散花手勢說：「平時你忘記或忽略有這麼多老鼠，這下全被看到。網友是一種低級的生物體、低等生物，比原生動物還低等，原生生物其實蠻可愛的，因為它們只活在原生。那種自大狂的導師就不說了，這

種人是用網路尋找自己的英雄感的,需要公領域注意他。現實生活中他無法有這個氣概和能力去達到某種自我肯定的成就感,只好來網路訓人得到點補償性的滿足。另一種網友們不是那種單槍匹馬、自詡英雄、四處放箭、散播鼠疫的人物,他們是乖乖牌的集團軍,彼此陌生,揪團、網聚、跟團。他們並不自大,因為你自大、我自大,大家都自大就沒法一起出來網聚。你乖、我乖、彼此無害、溫良恭儉讓,才好一起出來。至少要裝乖。」

老哥喝飲料抽菸,接續講:「他們和那種網路放箭的獨行俠的共同點,就是寂寞。一切的一切,無怪乎、莫非、無非是寂寞。我並非說不上網的人就不寂寞,只是以上兩種人類的寂寞很顯性。這兩種人是兩種不同的低級。獨行俠通常希望自己是個深邃、淵博的人物,只是他達不到,只好固執於作亂來告訴自己我沒錯。通常必須通過重複的手段,不斷告訴別人你錯了來掩飾自己錯了。因為他對自己很不確定,感到動搖,只好藉著重複的動作來追認。他其實在追殺的是自己。就像我不斷對學設計的那個奶音女孩吐嘈,或許只是想聽她講一句:『我的那個豬寶貝教授是個屎。』儘管我可以確定我對她講的許多內容沒錯,但我重複的目的只是想聽

我要的答案。其實，我談戀愛的對象是她老師。……或許這就叫『幹拎老師』。」

　　他接著說：「你也可以說，那種放肆放屁放箭攻擊或愛出來訓話裝作自己是某個領域的行家的人，無異於《蒼蠅王》裡那種原始、殘暴、惡質、權謀、奸佞的小鬼頭。或許，我也是。只是我盡量掩飾著。因為我會掩飾，所以我這個人可能還過得去，但我也可能更壞更沒救，同時都有可能性。可能我感染鼠疫了，病毒潛伏著，只是還沒發病。也可能我獲知我自己已經感染了，只是不會或尚未散佈鼠疫。我可能可以始終控管它的散佈與傳播，靠運氣，或靠藥物，或靠隔離等方法。也可能終將有一天自爆爆人，當運氣不再，或藥物趕不上我病毒變化的進度，或方法失效。就像丁字褲和繼之而起的C字褲，都無法隔離一個女人的屄泱，遲早有一天大街上的陌生女人會進化到公然露屄給我們看的。」

　　「是退化吧……」我說。

　　「是進化。」他說，「我是期待迎面而來的每個女人都露屄的。」

　　「那生理期怎麼辦。」

　　老哥皺眉：「那就例外好嗎！你腦殘！下流的骯髒鬼！就照你的阿慈講的照做啊！多方便吶！」

「我 follow 你錯了嗎？」我無辜的說。

「沒事。」老哥跟我敬禮，手勢帶勁兒的甩切下。接著講：「網路很糟糕的是使大家養成有錯不承認的粗劣個性，網路時代以前就長大的人比較不會這樣，他們犯了錯必須趕緊跟上司或師長坦承疏忽，或直接道歉。這是美德，也是長眼。甚至跟朋友或後生晚輩也道歉，他們比較沒做到的是跟陌生人也可以道歉。而網路世代，他們跟所有人都不道歉的。揪團那種人，則沒想要當個深邃的人，這是很好的美德，至少不污損誰的視聽細胞。不過，他們也夠庸俗的了。我難以想像，彼此不陌生的人們，可以三人成虎、或超過三人行必有我師那樣的群集。甚至兩個陌生人一對一見面都讓我感到這種行為本身的可笑。他們是一群比較童年傾向的人吧，這樣想還蠻可愛的，有夠原生。分裂吧寶貝。」

「我懂，分裂繁殖，無性生殖。」我說。「不過，我覺得雖然不跟網友見面或跟團，但成天耗在網路哈拉的人也很可笑吧。有的人很愛宣稱，喔不！我是不跟網友見面的，聽起來她就是蠻想見的。」

「那肯定是。真的對網友這種生物沒興趣的人不會用跟網友對話來打發時間。但我現在講的是參加網聚、揪團的

人。一個比較有自身精神生活的人──注意，精神生活不一定代表有讀書習慣──怎麼會讓自己跟一群網路陌生人見面呢？……一起去吃飯、唱歌、喝酒，他們的對話內容還真令我好奇無比，他們居然可以交談？喔，唱歌是不需要交談的，吃飯也是，專心吃就好，喝酒亦然，邊喝邊講話還會嗆到。」老哥說：「那種個體之所以為個體的美感，完全蕩然。不是陌生人見面尷不尷尬的問題，而是這件事的本身、本質實在太怪了。我必須說，這些人其實都蠻隨便的。就像小孩那麼容易被騙。小孩跟小孩之間容易玩在一起，良善的小孩被心機的小孩騙，也容易被大人騙。但我要講的倒不是這個，我要講的隨便，是一種低級。除非他們搞的揪團是只有男生與男生、女生跟女生，那可能不低級。我指的不是同志，當然同志也 ok，同志比異性戀者總是高級一點。同志開的派對，警察如果臨檢時看到地上散亂著保險套，媒體拍出來人民就大喊噁心、骯髒，可你難道不要人類用保險套嗎？用保險套該受嘉許吧，台灣有多少異性戀者沒用保險套而墮胎啊。喔不，我應該說『夾娃娃』比較俏皮。」

老哥指的是路邊的夾娃娃投幣遊戲機，有的人用以代稱拿孩子。

「這種揪團的積極與低級在於，擺脫不了對異性的渴

望，沒有異性就活不下去。他們怎不跟家人好好吃一頓飯呢，非要跟陌生人去吃。或許他們太厭惡他們討人厭的爸媽了。這樣講起來他們也蠻可憐。他們怎麼這麼怕孤單呢。太可怕了。不是孤單，而是心中對世界沒有任何情意。或許我唱了高調。他們通常——嗯，我只能說『通常』，其實我想講『全都』——會有幾種思考行為模式和習性，一、特愛看鍾×慈愛看的那種文章，每天看，不看會死。網路文章提供他們和陌生人擠在一起取笑、取暖、謾罵，形成集體意識的機會。他們平常不會想幫助流浪貓狗、流浪漢、弱勢者或任何生活中相遇的陌生人，表情很酷，如風乾的大便。他們的說法是，我去幫了世界也不會變好，我浪費我的同情心幹嘛。其實愛心我有，但不想浪費。他們捐款給緬甸風災或四川地震，不諱言是因為覺得募款的人很煩，不給一下無法擺脫也只好給點面子。二、愛打電動，只是不見得像網咖打一半睡著的人那麼沉迷吧。他們必須依賴一種機械性的顏色和得分來忘記自己活著或說來忘記自己死了。三、自以為很會耍嘴皮。他們認為自己在網路練成絕佳的嘴皮子，但這種嘴皮在生活中其實用不著。比起走江湖或職場歷練後很會耍嘴皮的人，他們欠缺面對面的實戰經驗，勝敗的經驗均無，只好窩在網路上告訴自己，看！我多聰明，我的嘴皮子又嗆贏

了誰。這些人跟團見面後，基本上也很少耍什麼機敏的嘴皮，因為不善面對面耍，還是乖一點比較保險，免得泄出愚笨的底子。四、沒有異性就活不下去。這是一定的。有男友或女友也還是在跟團。他們常掛嘴邊的是誰誰誰一直在網路丟訊息給我，但我根本不想理他。他們很想雜交，但又不敢。或者可以這麼說，他們忘了他們想要的其實是雜交，他們的體內一直藏有雜交的基因。喔！我到幾了？」

「八。」我亂說。

「五，他們之中會有兩三個自認很紅的男女，而其他人也樂於擁戴他們。團體總是這樣。一群井底之蛙瞎起鬨著，在井底潑水可以傳出比較大的迴音。六、他們平時與異性互動時，無法大氣又有效的表達我愛你。於是只好藉由團體活動來掩飾自己的慾想，掩護他們親近異性以進行集體意淫，從而尋找真幹的可能。」老哥說他暫時只想到這幾點。「群體生活、團體行動的可怕，從這些猴子身上赤裸裸毛絨絨的見到。當然，這種團體畢竟也是天真的。至少他們無害於人。也無助於人。他們是用性器官來生活的人。這有天真、真實的本能一面吧，但搞不好也是可怕噁心的一面就是。」

「網路把人的品質降低了，是嗎？」我問：「那以前的人交筆友呢？跟筆友見面呢？為什麼那可以被稱作一種古典

美感？為什麼交網友、跟一個或跟很多網友見面就不能是現代美感？以前沒網路的時代也有很多人辦聯誼、跑聯誼、跑舞會、相親的啊。以前的人也高級不到哪去，對吧？以前的人有的也會談到性吧？我姑姑以前，民國八十年左右吧，一個長輩介紹一個男的跟她相親認識，隔天那個男的打電話給她就問你也需要性吧？我姑姑傻眼，囁嚅半天說你有病要看。他很鎮定的回答說每個人都需要啊，你需要可以跟我講。」

「你說的我都不否認。但筆友年代的性氣味沒現在濃，多半蠻幼稚園氣息。網路時代太重視性，也太假裝不重視性，把許多原本純潔的人搞混濁了。」

18　鬼臉

　　茶店播完孫燕姿的歌聲，現在放起郭靜。

　　不至於是嘲笑，只是聽著突然間感到有點好笑。我提出一個問題：

　　「你覺得有『原本純潔』這回事嗎？為什麼人不會是『原本不純潔』？」

　　我的笑意並沒引起老哥不悅，老哥認真講話：

　　「先這麼說好了。電話交友只是亂的人自己一窩子小眾關起門來亂，不像網路，資訊氾濫，色情就像匪諜無孔不入。記得你說過你感覺網路年代比電話交友年代來得亂，不是嗎？」

　　「網路是會污染小孩子和年輕世代沒錯啦。但我以前只是暫時同意現在比較亂的推測，我並沒把『感覺』看得像你這麼篤定，這樣是很危險的。」我說，「就算有比較亂，我不同意你認為網路把人的品質降低。總歸是亂的人就是會

亂，這跟有沒有網路無關吧。一個喝醉酒的人，開車會撞車，自己走路也會走去撞車，不是嗎？以前真的想亂的人，尋尋覓覓遲早也會找到電話交友這個管道吧。現在真的不想亂的人，就算天天逛各種網站十幾個小時，他也還是分辨得出、嗅得出哪裡是不正常的。頂多看兩眼也就過去。或當作觀摩社會現狀罷了。」

老哥一邊聽一邊點頭，整個聽完卻又搖頭：

「我的想法是，網路有可能把原本平凡而純潔或有質感的男女也帶壞。以前是真的想亂，終會找到亂的地方，現在則是沒想到要亂也糊里糊塗亂了起來。你要知道，人大多是平凡的，欠缺思考和審美能力的。我有個女生朋友，她喜歡扮鬼臉自拍供人欣賞，但她缺乏自覺，不知道自己的鬼臉不可愛，很噁心。可是你跟她說你很噁心，並說鬼臉有兩種，一種可人，一種噁人，她都無法聽懂，她認為很噁心就表示我成功了哇，樂到跳起來，自以為聰明。這就像很多搞觀念藝術、裝置藝術、前衛攝影、前衛劇場的人，你跟他說你為什麼有屁不好好放，他說，喔這是一種手法，手法的日新月異闢出藝術無限的可能，進而人類通向於未來。你跟他說但你的作品蠻噁的，他還是自以為成功，達到了目的。甚至你只好直接跟他說，你的人蠻噁的，他還是嘻嘻笑，自鳴得

意。甚至他會搬弄一套禪宗告訴你，我這個作品是開放式的，所以任何回應都形成我作品的一部分，有就是無，無就是有，失敗也等於成功，成功也等於虛空。……毀了，我發現我講的比觀念藝術家還講得好。於是我只好跟那個鬼臉女孩說，你把自己弄髒了。我說的『髒』，是一種感覺，審美上的，而不是說她拿筆把自己臉上塗花的這種行為。她聽了還是吱吱笑，我只好更進一步的揭示，你的臉把你的屄弄髒了。固然她因此生氣起來，但她仍是無法意會的。她如果有這個慧性能意會，也就不會搞濁自己了可不是。同樣的，網路時代有越來越多女孩子不但不知道自己接觸的是一個髒男孩，她還覺得有趣極了。你端給她法國菜和大便，她吃起來都一樣。你叫她少上網，她說但我的生活圈很小。她只想把MSN名單上的人數增加，但喪失分辨清濁的基本能力。試問誰生活圈很大，人終究活自己圈圈裡。圈子越大的人，其實圈子越小，所以你看娛樂圈的人也只能跟娛樂圈的人要好，他能做的也只能擴大『娛樂圈』。玩樂團的人也是，他不會去跟衣服紮在褲子裡的人當知己，除非向他買大麻。愛打麻將的人不會常和好友打牌，他常相處的只是牌咖，說再見就再見了，頂多一起吃個早點。」

　　「好像太極端了吧。我就常跟好友打麻將。」

「你們遲早不會是好友，會因為惡碰翻臉。」

我一笑置之。回應：

「你說你朋友的鬼臉噁心，我想她不見得聽不懂，只是存心嘔你。」

「這不正就是變態嗎。」老哥說：「久了會喪失審視自己的能力。小孩子或貓狗才會尿床引起大人或主人的注意吧。她這樣跟開視訊打手槍嚇女孩子的色狼有什麼兩樣。」

老哥持大吸管吸吮一口芒果冰砂，看他的表情好喝極了。接續說：

「這種欠缺根器的一般人很多，隨機遇到什麼就可能改變一生觀念的走向，或走向毫無觀念的人生。隨了個良緣還是隨了個業障，只能隨到底。就像一個出生在父母極厭惡綠營的家庭，他偏偏就容易傾向泛綠，反之他生長在深綠家庭，他將會誓死捍衛中華民國。如果你和父母的政治看法不同，很可能只是因為你討厭父母所以故意唱反調。凡是他們喜歡的，就成為你否定和討厭的理由。等過了叛逆期，回歸之後他可能比他爸媽還鐵桿，比他的藍營父母還深藍，比他的深綠父母還墨綠。」

「不盡然。我阿公阿嬤和我爸媽一直是綠的，我從小到大至今也沒變藍過。」

「因為你們是幸福的家庭。」老哥一句話就跳過藍綠，我正想說一下我的家庭可不是什麼富貴人家，只聽他已然往下說：「作為優秀的父母，無論身處網路發明前或發明後的年代，都會給小孩開放而健康的性教育，小孩壞不了。問題是出在這樣的父母都一直是少數。這也才使得號稱資訊爆炸無孔不入的今天，當網路散播毒素的機會越多，小孩變壞的機率也越高。如果能把小孩的底子打好，並把毒素當作教育機會、機會教育，那些東西也就不是毒素了，而只是花絮和風景，笑點或亮點。這時候毒素就化成精實的抗體。歐陸先進國家，沒有網路的年代就街上隨處可見性商店、性雜誌、色情電影院，可他們的人民氣質大體而言蠻好，氣質不濁，為什麼？因為對性見怪不怪的同時，他們不忘記學習如何在戀愛方面愛人與被愛、如何尊重和幫助陌生人、如何路見不平上去吵架、如何吵完了解散。整個一套的養成下來，噁心或髒濁的機率就比較低。如此一來，當時代轉變後，網路上的那些色情與網路來臨之前在生活中所看到的不也是同一套，差別只在於冬天懶得出門在家就可以用滑鼠點擊，夏天搞不好相對上也就懶得上網，白晝長啊，出去晃晃採集陽光直接搭訕多好。網路時代對我們東方人來說，應該當作對小孩大好的教育機會。原本一般父母可能羞於和小孩談性，怕

他們被污染，如今可能被迫提早而主動的對孩子講解有關幹砲的一切。問題是台灣離婚率之高，小孩缺乏讓父母引領的時間和機會。其實父母之中有一人引領即可，可上班上太久實在沒時間顧到孩子，搞了半天夫妻二人就算沒離婚也都沒時間跟小孩講話唄。這時候，老師的責任相對重要。老師們應當負責起來，歡迎網路時代的光臨，趁機順勢把東方人那種性方面的壓抑和扭曲做一個大破大立。我們可以正大光明的對學生和孩子說，嘿，至少網路的好處是需要戀情或色情的時候蠻方便的啦，但我們傾向於不屑去用它搞這套，除非，嗯除非。」

「這是一個摸索的年代。」我說，「我們台灣的學校老師，自己對愛與性也還欠學習吧。」

「也是。只怕一教孩子就……」

「打下去。」

「不是。」老哥搖頭說。「是鹹豬手下去。」

19　意識

　　停頓半晌，老哥望向兩位交談中的辣台妹。回過頭對我說：

　　「現在這個時代，恐怕只剩下溫婉的台妹或檳榔西施可以溝通。她們放開自己，開朗、柔情、傾聽、關懷，並且被真心關懷或被細心諂媚時會把你放在心上。她們的男友可能是個樸實憨厚的廚師，或一個盡職耿直的黑手。台妹、西施、廚師、黑手，他們書讀不多，可能說不出保育流浪動物的觀念，但卻餵養一隻街狗許久。直到鄰居打電話給政府單位偷偷把狗兒抓走仍納悶許久不見狗蹤。在他們的想法中不存在檢舉的概念，卻有打你一拳的直接，如果你真要惹他的話。如果他們餵的是街貓，有一天當貓遷徙到別處雲遊或流浪而消失，他們不會責怪和嗟嘆貓咪沒來辭行。剎那間他們忘記牠，一如剎那間牠不再來。直到一個月後牠又神奇出現，他們再次餵牠。有來就餵，不來拉倒，貓人之間不拖泥

帶水。他們停車在你家門口會禮貌的請示你，傻傻的問可不可以借停。殊不知只要地上沒畫紅線連知會都可以省略，全國人民都可以擁有用路權，若屋主不允許則是路霸可檢舉。他們的行為是依據一種天性使然的人情世故，所以他們不驅趕門前徘徊的狗，但怕踩到別人門口的隱形線。他們偶然間發現巷子口某戶人家的小孩背上被毒打的瘀青，此後每隔一陣找機會去翻開小孩的衣服就發現傷痕，他們會慌張不知該怎辦。這時候你對他們透露可以打電話或匿名上網向社會局檢舉，他們憨驚說可以這樣喔！後來孩子被社會局的人接走，這是他們第一次有意識的發現自己和檢舉有了連結。」

我不大明白老哥怎麼有感而發講到這個。反正他扯到貓貓狗狗也算正常唄我想。不過我倒想起我當兵的經驗。「下部隊以後，很多學歷比較低的一般兵，他們講不出太複雜的道理，不過人大多蠻好。一般兵常講大專兵心機深，又自以為懂很多要教人什麼，欺負你之前少不了唸你一頓，一隻嘴九唸加一唸──十唸（台語）。這我還蠻同意的。」

「確實如此。懂很多書本知識的人通常最沒用。他們很可能是生活中愛占人便宜或見不得人好的二百五，也極可能是生命麻木的人。」老哥講：「課本沒讀好的人，他們之所以餵養一隻流浪狗，所信奉的道理相形簡單：『這傢伙沒飯

吃蠻可憐，也不過是賞一口飯，順水人情。』當有人搬出一套道理挑戰流浪狗貓、挑戰餵食行為時，他們沒有大學生或知識份子那種便給的口才講回去，但明確不變的是小時候大人告訴他們的那句：『無論怎麼說狗都是人類的好朋友』、『貓走貓的路沒礙著我們。』事實上貓可能反倒是被人類逼到只敢沿著牆邊走、和一個車底連一車底的鑽，是我們礙著牠。可他們雖然沒想到這個層面，他們那句話在初衷的心胸上還是大的。咦，貓是不擋路沒錯，可有的流浪狗盤睡在馬路中間，這怎麼辦？——就嘿嘿一笑，傻狗。他們可能不會用萬物皆有生命權、皆有地球使用權這種觀念去訴說，他們笑嘆一聲：『拎娘的，唔知死活，唔知道路危險。』輕按聲喇叭讓狗起來於是開過去。更老一輩還會講『狗來富，貓來起大厝』，可見對牠們好就是對自己好。可能以前的人普遍窮，想致富、想要房子，什麼機會都視作發財夢才因此對貓狗好，但至少他們窮歸窮還照養著突然現身經過或登門投靠的貓狗，這畢竟是古早人的生活教養，也是生命幽默，自然品格。其實，貓是來去自如，不一定想到幫你起大厝，牠和人互不妨礙也不罣礙什麼，你說古早人會不明白嗎。台妹、西施、水電工、木工、黑手、廚子，他們傳承了幾代以來的素行，這個行為是素的。對流浪漢也一個理、一個情，是個

情理融通。我的店打烊了，你們一家子帶紙箱來睡騎樓下我店門口，就睡吧。合著是與人方便，第二天透早這些街友浪人起『床』會收拾，不像咱家囝仔八個鬧鐘還叫不醒橫直賴床到底咧。」

「我爸的車不大台，但乾乾淨淨，裡裡外外。」我對老哥談起父親。他曉得我爸是個計程車司機，從我小時候到現在都在開車。「我爸說客人跟他講話，包括講去哪裡，或聊天，他都會答話。他說開計程車就一定要答話，不然就別開，可對方沒開口聊天，他也不聊，對方要聊，那一起沒完沒了。這算是觀念嗎？因為你的意思好像說讀書人才會建立觀念。」

「算。」老哥說，「不過那是生活培養出的智慧和風度，甚至進入品味的境界。不過，他也只是說說而已，其實有時候對方沒先開口，八成他也哇啦哇啦拋開話匣子。」

「你怎麼知道！」我笑了。「有次我坐他的車，坐前座，他順便載客，我發現他就是像你說的這樣。」

「也可能怕三個人在密閉空間杵著尷尬吧。兩個人杵著倒正常，三個人不講話似乎頗怪。也算他細膩了。」

我同意。「但我還是相信他是你講的那種悠然優質的小老百姓，以我對他的瞭解。」我笑著說：「不過我還真想躲

後車廂聽一次他如何跟陌生客人相處，那種客人和他都不知道我在的狀況下的相處。」

「搞不好你聽到你爸跟女客人搭訕，車子直接開去汽車旅館。」

「太酷了吧！歐耶。」

我問老哥：「你以直覺，對那兩個女生評價很高，卻又說台。女生都不愛被說台吶。」

老哥答：「台不一定就欠缺質感。台有時候只是生活背景的台，譬如純閩南味道家庭長大的孩子。」老哥提醒我：「不過這我們知道就好，你不必跑去對女生解釋這個。她只會氣你諷刺她的質感台，甚至還罵你搞族群對立。你如果說我也是本省人啊，那更亂了套，你不台她台，這更嚴重。」

「我同意你觀察到的一種平凡淳良質地，可是未免把她們講得太崇高吧？」

「有次轉到電視一個時尚節目，女主持人不斷尖聲嘲笑說，她以前去大陸東北看到女人穿肉色短絲襪配高跟鞋有多土，襪頭上還捲回來一圈。竟然笑到摳眼角的淚還不停搖擺她的身軀。庸俗的貴族，這兩個女孩不是這樣的人。」

「不見得喲。這可能只是你理想國的幻念。」我覺得他

把那兩個女孩當作支持他思想的道具。

「至少我開始跟她們講解那樣笑人反而讓自己很噁糟，我有信心她們會聽懂。邊聽著邊癡癡點頭。」

「你在發春喲！」我笑起。續道：「不過你說的我同意，嘲笑在台灣成了王道。藉著嘲弄人來顯示自身的優越感。」

「說穿了就是勢利眼。確實，我不能保證她們看了那節目會不會受主持人影響。……我不能。所以這是我很憂慮的。我也不能保證一個曾經土造型的婦女，後來穿戴不土了，會不會反過頭來歧視穿得土的人。這也是個憂慮。」老哥說。「一九九〇年代我去大陸也看過那種短絲襪配高跟鞋的打扮。不是說那種鏡頭不土不好笑，但那個主持人的心態出了岔子。覺得有點好笑和覺得非常可笑是不同層次，或說把話放心裡和講出來是不同的層次。坐長途火車，你會看到他們愛用醬瓜玻璃罐子裝熱水，這種土是一種好笑，也遞出有趣的、暖暖的、靜靜的情調。」

我聆聽著。

「不過女人多半是迷戀流行的。有太多事物讓她們感到很炫。」我說。

「雖然這兩個女孩也可能很聳的大喊：『他會打鼓耶！

他是貝斯手耶！」但那是每一種女人都會犯下的愚蠢，包括受高等教育的年輕女醫生在內。」老哥說完話，露出一種浮想聯翩的遠目神情，嘴角蕩漾幸福而傷感的奇異笑渦。「一九九〇年代初期，我在北京西單的百貨公司，看到一家人從鄉下來玩。兒孫輩攙著老婆婆搭電動手扶梯。那老婆婆沒牙齒了，驚喜間闔不攏嘴，第一次搭乘這種高科技交通產物。她害羞笑著一時不敢邁出她的小步子，低頭斟酌著接觸這變幻莫測的地平面，試探到這份新鮮感。現在她很可能過世了，不過這鏡頭讓人懷念。」

「我懂你說的天真夢幻。」我點頭說。「而且她的一小步提醒出我們未曾意識到的時代轉變。」

「啊……你想的，比我深。」老哥瞪著眼、張大口驚喜的神情倒讓我想到那個老婆婆。「『意識到』比『感覺到』深。我們小時候就搭它慣了，什麼事物都理所當然的存在。這種理所當然想一想也蠻可怕。」

老哥說：「或許，女孩對著搖滾樂手感到興奮好奇的『無知』，和那個老婆婆的『不知』，本質一樣吧。」稍作停頓又講：「也或許，單純就好，剛剛好就好。賦予更多價值上去，才開始愚蠢起來。單純的好是在於一種剛剛好，瞬間好奇一秒，也就過了。老婆婆回村莊會跟別人炫耀她搭過手

扶梯，但她不會巴著還想搭一次吧。莊子裡的人聽了也不會感到自己沒搭過而自卑，只是笑吟吟聽聽。有搭，很爽，沒搭，也沒差。」

「你說莊子裡的人，我突然想到《莊子》。」

「咄……，這我也不反對。」老哥聳肩，接著輕嘆說：「不分男女，從一個愛打扮的高中或大學生到一個文藝青年，最大的毛病就是他們認為他們最先進。我看過一個人在部落格寫，《新橋戀人》這部法國片是一九九一年、近乎二十年前所拍，以當年的保守大家一定覺得離經叛道、驚世駭俗吧。我覺得蠻好笑，那片子上映當年我在一般電影院看過，感覺蠻平常心的，多少年來法國片的風格不就那樣。那個橋裡橋外煙火瞎竄亂炸，男女主角在橋上一路亂扭式的跳舞又不像跳舞的那樣跑不停才叫人興奮吧。還有女主角站在雪橋上滄浪而快樂的笑，那是讓人難忘的。……年輕人所熱衷的《猜火車》這種片，在我看也是大驚小怪，唬唬壓抑過度、崇洋媚外的乖寶寶。」

「有的台灣人比老外還歧視台灣人。」

「沒錯。那種人是廢渣。」老哥說。「在越壓抑拘束的環境下長大的人越容易捧老外。他們其實蠻可憐，從小家長和老師捆綁太緊。」

　　一時之間我抽菸過場，無語，緩解。流行歌曲的女聲充滿太多不掩飾的情緒，我覺得這樣蠻好，人需要亂悽惻一把的。不覺想起鍾 × 慈。

　　老哥一開始說什麼我沒聽清楚。回過神只見老哥說話間兩手拿起《瘟疫》搖晃：「這本書有時候蠻枯燥，但我想它是有價值的。當瘟疫突然現身、不走，沒一個人逃得了，大家都可能被病毒給揀選。整個城市被封城，成了孤島。人進不來，你出不去。你以為這個台北、上海、北京、東京有多大，只要它是個島，所有的人都極可能變得一樣。甚至根本沒有病毒，但島還是島。大陸再大還是個島，延伸到洲，四面還是海吶。是腦子裡有毒，是腦子欠摳。《蒼蠅王》講的是小島，《瘟疫》講的是大島。加一個『孤』字只是為了讓我們把島看得更清楚。位置拉高，天空或山上看下來，更看清楚我們的所在是個島，這樣我們就省得走了。免得花費力氣和時間走到哪都是海角、牆根、封鎖線。網路讓每個人都變得一樣糟，是它讓我們變成一座封城和孤島，還是它讓我們發現原來在它來臨之前就我們就已然身於島上。根本沒有玫瑰花。還是我們不是好園丁。」話到此間，老哥歉然的說：「或許我該把《蒼蠅王》讀完。」

他接著說：

「《瘟疫》裡的神父看到受難者，代替神而流淚。神父自己也中了，也掛了。如果說危機也是轉機，這個轉機就是一種『自覺的能力』。同時與它共存，也同時與它對抗、對立或沒什麼大不了只是起個排斥效應。網路亦然，世界沒法改變，我們只能讓網路的拙劣和濁氣不致影響我們，但求身心安頓，心安理得。我們不能被它覆蓋，我們要能使用出它一丁點好處，哪怕只有一丁點。就像丁字褲退流行，我們也不能否認丁字褲的好處。丁字褲只是不被高度討論了，但不少女孩還是會準備一兩件，不是嗎。當然，既然是一丁點也可以索性不要了，難道只捧著女人的丁字褲聞就不聞她的腋下嗎。……除了腋下也有其他地方啦。大體畢竟比區區的丁字褲重要。」

我繼續聽：「網路不用拉倒，還真沒差。只是想用的話得用對路子、用對分寸，這對懶鬼或宅鬼來說是重要的，無論找資料、逛文章、交朋友。好比好多年輕人搜google寫報告、用網路吸收知識，彷彿這個時代的知識更加多樣化、更容易取得，結果卻造成大家更沒知識。可是，如果一個原本就蠻有知識的人，他就可以把網路利用得還不錯，他可以一下子找到有用或有利於他的線索和資料。因為他輸入的關鍵

字可能是兩、三個關鍵字的組合或一兩句或十來個字，不會像一般人只能輸入兩個字，造成一大堆資料湧噴出來卻找不到答案的窘境，更糟的是他以為找到了。有知識的人，相信書本的人，還能一眼看出網路資料的錯誤呢。話說回來，一樣的道理，網友也不是不能交，你的品質先能好起來，你的眼光夠，還是可以遇到質地不錯的人，那個人也正在等你吧。」

「我也等太久了。」我頹然嘆道。「等到了，卻眼睜睜看她溜走。」

「你才幾歲吶，說這樣。」老哥沉吟半晌，說：「或許，……不是或許，我很想講一定。……這一定是你，包括我，我們能提供的資源有限。」

「資源？」

「阿資源就是可以一直掏也掏不完的東西，石油和內分泌都是，底氣夠，底蘊在。當一個女孩找不到對方可以再提供她什麼資源，那麼她何必跟他當朋友。倒不是講你有沒有錢，女兒家交朋友倒不至於那麼俗。而是我們的笑點總有一段賞味期限，可能五天後就不好笑了。我們的涵養有限，我們不夠懂什麼，卻又愛講半天，鬧偏鋒，土蛋一個。而且講半天她們抓不到重點，我自己也抓不到重點，提著胸罩替女

人纏足。我們能幫上的忙，能給出的有限，連話題也有限，我們的生活沒開展出值得講的新話題或新想法，試問女人為什麼不會對我們失去新鮮感？除非已經是男友了，那麼她可能會想撐兩下抱抱也好。」老哥說：「以及，其他。」

「其他？」我問，「是說女孩不理我們的其他原因嗎？」

「是。」老哥說，「我們只能感覺我們是男人，但無法感覺女人，進而意識女人。」

「問題是，別的男人也什麼東西都不懂，也不懂女生，她們卻要理他們。」我還是不平。

「有些餅乾或零嘴，其實沒那麼好吃，但女生天天要吃。久了它們只要不難吃就好，女生並不會特別去想它是什麼味道，只是隨手要抓，包括抓老二。人天天吃一樣東西其實早已忘記它的味道。我們該反思我們連零嘴也當不了，遑論我們不具備大餐的實力。光學把妹技巧始終是不夠的，我們得先剝除虛妄，卸下驕傲，放下自卑，才能看到我們遜在哪。事實上，我是個修養很差的人，能給你的，有限。一個修養好的人，可以給你更多東西。」

我趕快叫老哥別這麼講，我擔心他是不是不想理我了。

「幹拎娘我佛慈悲啊。」老哥說。「心、法須合一。修養比技巧重要。」

「我跟鍾×慈之間到底怎麼辦！」我給髒話搞躁性了。「身心安頓和心安理得無法解決我的煩惱和失落吶！修養和技巧我都沒有哇！那我要怎麼合一呢！」

「你不能老想著合體。」老哥說，「做一個好春夢的爽度大過真實的合體。」

「我不至於這樣啦！我是真的喜歡她。我抗議。」

「我同意。」老哥說著翻動書頁，找到一段唸給我聽。書中有個溫吞樸拙的人，和妻子彼此相愛，後來緣盡情了，妻子決定離他遠去，走之前所留下的一封信中這麼說（唸）：「我走並不快樂，但一個人要作新的開始，並不必然需要快樂。」老哥說這句送我。「翻譯成大白話就是：我走，並不快樂，可人要重新開始，踏奶奶不快樂也認了。」

這時，那兩位優質台妹起身離開。我和老哥有默契的停止談話。近距離經過我們時，扮演聆聽者的台妹望了我一小眼，瞥過。

「長得不錯。」老哥看看她倆，回過臉說：「你看，可見你也長得不錯，她才會選在離開前對你留眼。」

「我知道老哥的用意啦。海海人生啦，海海水水的查某何其多，何必單戀網路一蕊花。而且還是枝肥花吧，我不得

不這樣惡劣的想。」

「那些女主播最無恥了，」老哥又離題了：「每次警察抓到援交妹，如果是胖的人，女主播或女記者就要以誇張的口吻旁白：『她的體重竟然重達一百公斤。』這些記者對人到底有沒有基本尊重。」

「我懂。」我心不在焉說。

「啊⋯⋯」老哥像是發現什麼，恍然大悟說：「你是在想，鍾×慈有剛剛那個女的那麼漂亮就好了，是吧？」

我不知道該怎麼說。

「那種離開前的一眼，很美，不是嗎？你該這樣想。」

我懂。我還是喪氣。

悶著抽菸時，突然聽到老哥興奮的音調：「衝！」

「什麼⋯⋯」我猜到了嗎。

「侵門踏戶。」

這下我給震到。老哥表述，既然我有她的住址，可以假冒郵差，按門鈴喊「掛號！」讓她出來領，順口問是不是本人，看她怎麼應。圖章接過來一蓋，驗明正身。她獨居，這點應該沒什麼好騙人的，基本上出來的就是她。如果郵差的制服難找，假扮宅配到府的送貨員容易，穿個類似款式顏色

的Polo衫，戴個棒球帽，要她簽收。你之前就看過她的照片，足可對照眼前人。敵不動，我不動，你莫緊張，帽簷壓低但齊眉就好。她瞅著你若狐疑是誰，一時也不得肯定。不管她是不是照片中人，即便她已然瞧科五分了，敵一動，我先動，你可以突然間先發制人：「你喜歡海綿寶寶嗎？」她這一怔，看表情就知道是她。你得發起陽剛攔著她，別讓她跑進去。你若怕就算了，隨機變通何妨，她急著跑先由她去，你一會兒打電話給她，說幾句小話平撫她情緒。倘若憐取眼前人，她在乎你會出來。出來，事情大致就成局。再次相對，聊不出啥沒差，你的行動比言語無敵了，不講話也是個酷到了家，吞吞吐吐也是個覷覰真情意。甭說對什麼，沒說錯話就好。那樁事你切記莫開口，一會兒她自然會帶你回家幹砲，此事圓成。她若不提，嗑嗑噴噴先發派你走，你就大方退下，不得糾纏。記住，立馬淡柔說再見，先她一步掉頭走開，這當中頭不准回，不急不徐穩著步子退場。如此她自會安排下次入港，讓她準備一下、期待一下，果實圓了入口。你真忍不住說出一句什麼想去你家之類的，她若鎖眉黛尖嗓子說不，你就趕快打住，話題轉開，千萬莫再試她。她若說想去哪旋街逛逛或吃飯，叫你陪她去的意思，那就一起去。若她只說等等我有事要去哪，你順口說我載你去。她說

不用，那就不用。去的過程中相處，培養感情是好，培養熟悉也不錯，至少培養了習慣你。這時你別毛手毛腳，讓她看低。看著辦，她會發落一切。轉了三圈不到喊腿痠，自會笑眯眯問你會不會按摩。

一席話我眉花眼笑，卻又七上八下。光聽，我就心裡頭打鼓，真的要我執行，我想我會剉賽，只怕按門鈴的指頭抖半天，我只想到這是E.T.的手指，太莊嚴了。老哥不斷慫恿我，我急得扭來扭去，還好兩個辣妹走了沒看到，不然我糗死。

「好，我幫你去。」老哥說。

我等他說下去。

「你在附近等我，手機帶好。」他說，「我喬裝宅配送貨員。你把禮物準備好，附上一封卡片，裡面寫真高興見到你之類的貼心玩笑話，簡單就好，不超過兩句。這個交給你，你想不出寫什麼就不必。收據，三聯單，我幫你做。單子上的小字、公司行號或託運條款那些可以搞笑亂打，讓她作紀念。短兵交接，我倒會會她是哪裡來的妖狐狸還是蚌殼精。拿話明暗戳她，看她怎麼招架。」

「你要對她說什麼？」我好緊張。

「就說，你把我兄弟害慘了。」

「你別亂來啊！」我高聲說。

「無來亦無去，沒事兒。」

老哥說的是廣欽老和尚涅槃時的名言。可是我的心情只有「悲欣交集」。弘一大師圓寂前寫的墨寶就這四字，花瓣綻動那樣的四個字，在宣紙上美出一種擴張力。物理用語叫表面張力我知道。咈，老哥把「沒事」特意用京片子來講，捲舌帶個「兒」音，自以為很有喜劇效果。這廣欽是閩南人，最好是會說京片子。也是啦，我知道老哥希望我放鬆……

20　禮成

　　行動前一晚，老哥和我分別準備就緒。我一夜難眠。老哥則說他試裝後，照鏡子，笑到岔氣。

　　行動的那天，我不知道老哥跟她說了什麼。他們後來相戀。我打了老哥，並且絕交。〈完〉

國家圖書館出版品預行編目資料

搞我／張萬康著. -- 初版. -- 臺北市：麥田，
城邦文化出版：家庭傳媒城邦分公司發行，
民100.09
　　面；　　公分. --（麥田文學；251）
ISBN 978-986-173-671-6（平裝）

857.7　　　　　　　　　　　　100016646

麥田文學　　251

搞我

作　　　者／張萬康
責 任 編 輯／林秀梅、林怡君
校　　　對／洪禎璐

副 總 編 輯／林秀梅
編 輯 總 監／劉麗真
總 經 理／陳逸瑛
發 行 人／凃玉雲
出　　　版／麥田出版
　　　　　　城邦文化事業股份有限公司
　　　　　　台北市104中山區民生東路二段141號5樓
　　　　　　電話：(02)2500-7696　　傳真：(02)2500-1966
　　　　　　部落格：http://blog.pixnet.net/ryefield
發　　　行／英屬蓋曼群島商家庭傳媒股份有限公司城邦分公司
　　　　　　台北市民生東路二段141號11樓
　　　　　　書虫客服服務專線：02-25007718‧02-25007719
　　　　　　24小時傳真服務：02-25001990‧02-25001991
　　　　　　服務時間：週一至週五09:30-12:00‧13:30-17:00
　　　　　　郵撥帳號：19863813　　戶名：書虫股份有限公司
　　　　　　讀者服務信箱E-mail：service@readingclub.com.tw
　　　　　　歡迎光臨城邦讀書花園　網址：www.cite.com.tw
香港發行所／城邦（香港）出版集團有限公司
　　　　　　香港灣仔駱克道193號東超商業中心1樓
　　　　　　電話：(852) 25086231　　傳真：(852) 25789337
　　　　　　E-mail：hkcite@biznetvigator.com
馬新發行所／城邦（馬新）出版集團【Cite(M)Sdn. Bhd.(458372U)】
　　　　　　11, Jalan 30D/146, Desa Tasik,
　　　　　　Sungai Besi, 57000 Kuala Lumpur, Malaysia.
　　　　　　電話：(603) 90563833　　傳真：(603) 90562833

美 術 設 計／葉致綱
印　　　刷／前進彩藝有限公司

■2011年（民100）10月　初版一刷　　　　　Printed in Taiwan.

定價／260元
著作權所有‧翻印必究
ISBN 978-986-173-671-6

城邦讀書花園
www.cite.com.tw
書店網址：www.cite.com.tw